LA
NAUSÉE

[法] 让-保尔·萨特 // 著　桂裕芳 // 译

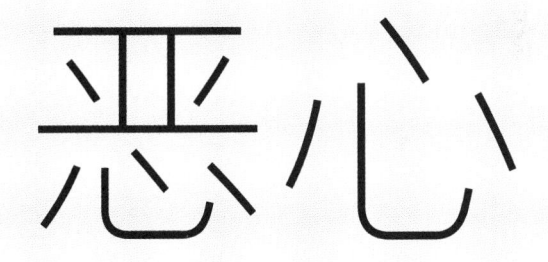

恶心

人民文学出版社

著作权合同登记号　图字 01-2022-5064

Jean-Paul Sartre
LA NAUSÉE © Éditions Gallimard, Paris, 1938
Simplified Chinese translation copyright © People's Literature Publishing House 2023
All rights reserved

图书在版编目(CIP)数据

恶心/(法)让-保尔·萨特著;桂裕芳译.—北京:人民文学出版社,2023 (2025.5重印)
ISBN 978-7-02-018227-5

Ⅰ.①恶… Ⅱ.①让…②桂… Ⅲ.①日记体小说—法国—现代 Ⅳ.①I565.45

中国国家版本馆CIP数据核字(2023)第174578号

责任编辑　黄凌霞
装帧设计　黄云香
责任印制　宋佳月

出版发行　人民文学出版社
社　　址　北京市朝内大街166号
邮政编码　100705

印　　刷　河北新华第一印刷有限责任公司
经　　销　全国新华书店等

字　　数　154千字
开　　本　787毫米×1092毫米　1/32
印　　张　10.125　插页3
印　　数　20001—24000
版　　次　2023年10月北京第1版
印　　次　2025年5月第7次印刷

书　　号　978-7-02-018227-5
定　　价　62.00元

如有印装质量问题,请与本社图书销售中心联系调换。电话:010-65233595

目 次

出版者声明 ……………………………… 1

没有日期的一页 ……………………… 1

日记 …………………………………… 5

献给海狸*

---

* 海狸,指萨特的终身伴侣西蒙娜·德·波伏瓦。海狸是朋友们因她勤奋认真而赠给她的绰号。——原编者注

"这个青年没有群体的重要性,他仅仅是一介个体。"

L.-F. 塞利纳:《教堂》*

---

　*《教堂》,指法国作家塞利纳(1894—1961)的处女作——五幕喜剧《教堂》。

出版者声明

这几本日记是在安托万·罗冈丹的文件中找到的,现在原封不动地予以刊登。

第一页没有标明日期,但我们有充分的理由相信它写于日记以前数周,最晚是在一九三二年一月初。

安托万·罗冈丹自中欧、北非、远东旅行归来后,此时已在芒布维尔居住三年,为的是完成对德·罗尔邦侯爵的历史研究。

没有日期的一页

最好是逐日记录事件。写日记使我看得更清楚。别漏过细微差别和细枝末节,哪怕它们看上去无足轻重。千万别将它们分门别类。应该写我怎样看这张桌子、街道、人、我的那包香烟,因为它发生了变化。应该精确判定变化的广度和性质。

譬如说,这里有一个装墨水瓶的纸盒。我应该努力说出从前我如何看它,现在又如何……①它。那么,这是一个直角平行六边形,它突出在——蠢话,这有什么可说的呢。别将空无吹成神奇,这一点可要注意。我想这正是写日记的危险:夸大一切,时时窥探,不断歪曲真实。另一方面,当然我能随时找到前

---

① 此处空白。——作者注

天的感觉——对这个墨水瓶盒或其他任何物体的感觉。我必须时刻准备好，不然这个感觉就会再次从我指缝间溜走。不应该……①而应该小心谨慎地、详详细细地记下发生的一切。

当然，我现在无法写清楚星期六和前天的事，因为我离它们已经太远了。我能说的只是无论是在星期六还是前天，都没有发生任何通常所谓的大事。星期六，孩子们玩石子打水漂儿，我也想像他们那样往海面上扔石子，但我停住了，石子从我手中落下走开了，可能神情恍惚，以致孩子们在我背后哄笑。

这便是表象，而我身上发生的事未留下清楚的印迹。我看到了什么东西，它使我恶心，但我不知道自己注视的是海还是石子。石子是扁平的，整整一面是干的，另一面潮湿，沾满污泥，我张开手指捏住它的边沿，免得把手弄脏。

前天，事情就更复杂了，再加上一系列巧合和误会，连我自己也莫名其妙，但我不会把这一切写在纸上来自娱。总之，我确实有过害怕或类似的感觉。如

---

① 此处有一字被擦掉（可能是"歪曲"或"制造"），另加一字，但不清楚。——作者注

果我知道自己害怕什么，那我早就迈进一大步了。

奇怪的是，我毫不感到自己精神失常，而是确确实实看出自己精神健全。所有这些变化只涉及物体，至少这是我想证实的一点。

十点半钟①

话说回来，也许那真是一次轻微的神经质发作。它没有留下任何迹象。上星期的古怪感觉今天看来十分可笑，我已经摆脱了它。今晚我很自在，舒舒服服地活在世上。这里是我的房间，它朝向东北，下面是残废者街和新火车站工地。从窗口望出去，在维克多-诺瓦尔大街的拐角，是铁路之家的红白火焰招牌。由巴黎来的火车刚刚到站，人们走出老火车站，在各条街上散开。我听见脚步声和说话声。不少人在等候最后一班有轨电车，他们正站在我的窗下，围着路灯，大概形成了愁苦的一小堆。他们还要等几分钟，有轨电车十点四十五分才来。但愿今夜没有生意人来投宿，因为我直想睡觉，早就困了。只要一夜，

---

① 当然是指晚上。下文与上文相隔很久。我们认为它最早写于第二天。——作者注

美美的一夜，所有那些事都会忘得干干净净。

十一点差一刻，不用害怕了。他们已经来了，除非今天是鲁昂那位先生来的日子。他每个星期都来，二楼的那间带浴盆的2号房间是专为他留着的。现在他随时可能来，因为他常去铁路之家喝杯啤酒，然后才来睡觉。他不喧闹，个子小小的，干干净净，戴着假发，蓄着黑黑的、打了蜡的小胡子。他来了。

当我听见他上楼时，心中轻轻一动，感到十分宽慰，如此井然有序的世界有什么叫我害怕的呢？我想我已经痊愈了。

挂着"屠宰场-大船坞"牌子的7路有轨电车来了，丁零当啷直响。它又开走了。现在它载满箱子和熟睡的儿童驶向大船坞，驶向工厂，驶向黑暗的东区。这是倒数第二班车，末班车在一小时以后才来。

我要上床了。我已经痊愈，我不想像小姑娘那样在一个崭新漂亮的本子上逐日记下我的感受。

只有在一种情况下写日记才有意义，那就是如果……①

---

① 没有日期的一页至此结束。——作者注

日　记

一九三二年一月二十五日　星期一

我遇到一件不平凡的事，我不能再怀疑了。它不是一般确切的或确凿的事实，而是像疾病一样来到我身上，偷偷地、一步一步地安顿下来，我感到自己有点古怪，有点别扭，仅此而已。它一旦进入就不再动弹，静静地待着，因此我才能说服自己我没事，这只是一场虚惊。但是现在它却发挥威力了。

我不认为历史学家的职业有利于作心理分析，我们这一行接触的只是概括性的情感，统称为野心、利益等等。但是，如果我对自己有些许认识的话，此刻正该加以应用了。

譬如，我的手有点新奇，它们以某种方式来握烟斗或餐叉，或者说餐叉正以某种姿势被握着，我不知道。刚才我正要走进房间时突然停住,因为我的手感觉到一个冷冷的东西,它具有某种个性,引起了我的注意。我张开手一看,只是门锁。今天早上在图书馆里,自学者①走过来和我打招呼,我竟然用了十秒钟才认出他来。我看到一张陌生的面孔,几乎不能算面孔。还有他那只手,像一条肥大的白蠕虫放在我手里。我立刻把它甩掉,手臂便无力地垂下来。

街上也有许多暧昧的、拖长的声音。

看来这几个星期里发生了变化。但变化在哪里呢?它是抽象的,不寄寓于任何东西。莫非是我变了?如果我没有变,那么就是这个房间、这个城市、这个环境变了,二者必居其一。

我看是我变了,这是最简单的答案,也是最不愉快的。总之,我得承认,我被这些突然的变化所左右,因为我很少思考,于是一大堆微小变化在我身上积累起来,而我不加防范,终于有一天爆发了真正的

---

① 指奥吉埃·普(Ogier P…),日记中常提到他。他当过庶务文书。罗冈丹于一九三〇年在布维尔图书馆与他相识。——作者注

革命，我的生活便具有了这种缺乏和谐和条理的面貌。例如我离开法国时，许多人说我是心血来潮。在国外旅居六年以后，我突然回国，仍然有人说我是心血来潮。我还记得在梅尔西埃这位法国官员办公室里的情景。他去年在佩特鲁事件后辞了职。梅尔西埃随一个考古代表团去孟加拉。我一直想去孟加拉，他便极力邀我同去。我现在想他为什么邀我去，大概是信不过波尔塔，想让我去监视他吧。当时我没有理由拒绝，即使预感到这个针对波尔塔的小阴谋，我更该高兴地接受邀请。总之，我僵住了，一句话也说不出来，眼睛盯住绿台布上电话机旁的一尊高棉小雕像。我全身仿佛充满了淋巴液和温奶。梅尔西埃用天使般的耐心来掩饰少许的不快，他说：

"我需要得到正式决定。我知道您迟早会同意的，最好还是马上接受。"

他蓄着棕黑色的胡子，香喷喷的。他一晃脑袋，香气便扑鼻而来。接着，突然间，我从长达六年的睡眠中苏醒。

雕像显得可厌和愚蠢，我厌倦至极。我不明白自己为什么待在印度支那。我去那里做什么？为什么要和那些人谈话？为什么我的装束如此古怪？我的热情已经消逝。在好几年里它曾淹没我、裹胁我,此刻我感到自己空空如也。然而这还不是最糟糕的,因为在我面前晃晃悠悠地出现了一个庞大而乏味的思想,我不知它是什么,但我不能正视它,因为它使我恶心。这一切都与梅尔西埃的胡子的香气混杂在一起。

我对他很生气,便打起精神冷冷地回答说:

"谢谢您,但是我旅行够了,现在该回法国去了。"

第三天,我便乘船回马赛了。

如果我没有弄错,如果所有这些迹象堆积起来预示着我的生活将发生新变化,那么我很害怕。这倒不是说我的生活很丰富或是很有价值,或是很可贵。我害怕那个即将产生、即将控制我的东西——它将把我带往何处?难道我得再次出走,放弃一切,放弃我的研究和书?难道在数月、数年以后,我将精疲力竭、心灰意懒地在新的废墟上醒来?趁现在还来得及,我想看清楚自己。

一月二十六日　星期二

没有什么新鲜事。

我在图书馆里从九点工作到一点，写完了第十二章以及罗尔邦在俄罗斯的侨居生活，直到保罗一世去世。这部分已经写完，就只等将来誊清了。

现在是一点半钟。我坐在马布利咖啡馆里，我在吃三明治，一切都相当正常。的确，在咖啡馆里一切总是正常的，特别是马布利咖啡馆，因为主管法斯盖尔先生总有一种讲求实效、令人放心的谄媚神态。他的午睡时间就要到了，眼睛已经发红，但举止仍然轻快果断。他穿梭在桌子中间，走近客人，用推心置腹的声调问道：

"还可以吧，先生？"

我见他如此积极，不禁微笑，因为当咖啡馆空无一人时，他的头脑也空荡荡的。两点钟到四点钟之间，咖啡馆里没有客人，这时法斯盖尔先生迟钝地踱上几步，等侍者关了灯，他也就滑进了无意识中。他一人独处时，便进入梦乡。

还剩下二十多位顾客，都是些单身汉、小工程师和职员。他们在别人家里寄宿搭伙，在这些他们所谓的食堂里匆匆用过餐后，便来这里喝喝咖啡，玩玩牌，他们需要稍稍享受一下。他们发出轻微的吵闹声，声音单薄，并不干扰我。他们也一样，必须好几个人在一起才能生存。

我独自生活，完全是独自一人。我不和任何人说话，不接受任何东西，也不给予任何东西。自学者不值一提。只有铁路之家的老板娘弗朗索瓦兹。可我和她谈话吗？有时，晚餐以后，她端来啤酒，于是我问道：

"您今晚有空吗？"

她从来不说"不"，于是我跟她走进二楼的一间大房，这是她按钟点或按天租用的。我不付她钱，我们做爱，以工代酬。她很喜欢做爱（她每天需要一个男人，除了我，她还有许多男人），而我也能排解忧郁，我知道它从何而来。我们说不了几句话，有什么用呢？各人都是为自己，何况在她眼中，我始终首先是咖啡馆的顾客。

她一面脱衣一面说：

"喂，有种叫布里科的开胃酒，您喝过吗？这星期有两位客人叫这种酒，小姑娘不知道，跑来告诉我。这两人是旅客，肯定在巴黎喝过这酒。可我总不能一无所知就进这种酒吧。如果您不在意，我就不脱长袜了。"

从前我是为安妮而思考的——甚至在她离开我很

久以后。现在我不为任何人思考，我甚至无意寻找字词。字词在我身上流动，或快或慢，我不使它固定，而是听之任之。在大多数情况下，我的思想模糊不清，因为它未被字词拴住。思想呈现出含混可笑的形式，沉没了，立即被我忘得一干二净。

我赞叹这些年轻人。他们一边喝咖啡，一边讲述清清楚楚、真实可信的故事。如果你问他们昨天干什么了，他们会毫无难色、三言两语就讲明白。要是我，我会张嘴结舌的。的确，长久以来，没有人关心我的时间表。当你独自生活时，你连讲述也不会了。真实性随朋友们一同消失。事件也一样，你听任它流逝。你看见突然出现了一些人，他们说话、走动，于是你沉入无头无尾的故事之中，你会是一个蹩脚的见证人。然而，作为补偿，所有那些在咖啡馆里无人相信的事，所有那些不可置信的事，你却屡屡遇见。例如，星期六下午三四点钟，在车站工地的小段木板人行道上，有一位身穿天蓝色大衣的小女人在倒退着奔跑，一面笑着，一面挥舞手帕。与此同时，一个黑人正拐过街角，吹着口哨走过来。他穿着乳白色雨衣，一双黄皮鞋，头戴一顶绿帽。女人一直在倒退，退到挂在栅栏上为夜晚照明的那盏灯下，正撞在黑人身上。此时此刻，在火红的天空下，既有发出浓重湿气的木栅栏，又有路灯，又有黑人怀中的那位可爱的金发小女子。如果我们是四五个人，我想我们会注意这个撞击，注意这些柔和的色彩的：酷似压脚被的漂亮蓝大衣、浅色雨衣、红色的玻璃灯；我们会对这两张惊愕不已的孩子面孔大笑一场的。

一个独处的人很少笑。这整个场面对我产生了十分强烈的甚至粗暴的、然而却是纯洁的印象。接着它便解体了，只剩下灯、栅栏和天空，这就算不错了。一小时后，灯点燃了，刮起了风，天空变成黑色，再也没有什么了。

这一切并不新鲜。我从未拒绝过这种无害的激情。恰恰相反，要感受它只需稍稍孤独，以便在恰当时刻摆脱真实性。我仅仅在孤独的表层，我与人们十分接近，一遇危险便躲藏在他们中间。其实我至今只是业余爱好者。

现在到处都有东西，譬如桌上这只啤酒杯。我看见这只杯子，很想说："暂停，我不玩了。"我知道自己走得太远，我想不能让孤独"占上风"。这并不是说我上床以前先看看床底下，也不是说我害怕房门在半夜里突然打开。只是我感到不安，因为半小时以来，我就一直避而不看这只啤酒杯，我看它的上方、下方、左面、右面，就是不看它。我知道周围这些单身汉都无法救我，因为太晚了，我无法逃到他们中间避难。他们会走过来拍拍我的肩头，对我说："怎么了，这只啤酒杯怎么了？"它和别的杯子一样，有斜切面，有杯柄，还有一个带铁铲的小纹章，纹章上刻着施帕滕布罗。这些我都知道，但我知道还有其他东西。几乎莫须有的东西。我无法解释我见到的，无论对谁。就是这样，我慢慢沉到水底，滑向恐惧。

在这些欢快和理智的声音中，我是孤单的。所有这些人都一直在相互解释，愉快地看到他们思想一致。他们都想到一起了，这对他们是多么重要呀，老天爷！只要看看他们的脸色就明白了，因为在他们中间，有时走过一个长着凸眼的人，他似乎朝内观看，与他们完全不一致，他们便做鬼脸。我八岁时去卢森堡公园玩耍，那里也有一个凸眼人，他坐在一个岗亭里，紧靠沿奥古斯特-孔德街的铁栅栏。他不说话，不时伸直一条腿，惊恐地瞧着这只脚，它穿的是高帮皮鞋，另一只脚上却是拖鞋。看园人对我叔叔说此人曾是中学学监。他穿着法兰西院士的院服去课堂上宣读季度成绩，于是被迫退休。我们觉出他是孤单一人，对他十分恐惧。有一天，他从远处朝罗贝尔微笑，并伸出双臂，罗贝尔几乎晕倒。使我们恐惧的不是他那穷途潦倒的神态，也不是他脖子上那块与假领相摩擦的肿瘤，而是因为我们感到他脑子里装的是螃蟹或龙虾的思想。一个人居然用龙虾的思想来看待岗亭，看待我们玩的铁环，看待灌木丛，我们不免惊恐万分。

难道等待我的就是这个吗？我头一次讨厌孤独。我想把我身上发生的事告诉别人，趁现在还来得及，趁我现在还没有使小男孩害怕。我希望安妮在这里。

真奇怪，我写满了十页纸，可还没有说出真相，至少没有说出全部真相。我在日期下方写"没有什么新鲜事"时是问心有愧的。事实上我不愿说出一件小事，一件既不丢人又不奇特的小事。"没有什么新鲜事"。一个人说谎而自恃有理，真叫人佩服。当然，可以说没有发生什么新鲜事。今天早上，我八点一刻从普兰塔尼亚旅馆出来去图书馆，我看到地上有一张纸片，想拾起来，但没能拾起。就是这件事，甚至还算不上一件事。是的，可是，说实话，我受到深深的触动，因为我想我不再是自由的了。在图书馆里，我试图摆脱这个想法，但挥之不去。我逃到马布利咖啡馆，希望它会消失在灯光下，但它仍然待在我身上，沉重而痛苦。前几页纸正是在它的授意下写的。

我为什么没有讲这件事呢？大概是出于骄傲，也许还带有几分笨拙。我不习惯向自己讲述我身上发生的事，记不清先后顺序，因此也分不清哪些是重要的。不过现在都结束了。我重读一遍在马布利咖啡馆写的东西，感到羞愧。我不要神秘，不要心境，不要难以表述的东西。我不是童贞女，也不是神父，不善于玩弄内心生活。

没有什么大事可讲。我未能拾起那张纸片，仅此而已。

我很喜欢拾东西：栗子、破布，特别是纸片。拾起它们，用手捏着它们，这使我很愉快。我几乎像孩子一样将它们凑到嘴边。我在角落里拾起一些厚沉而豪华、但可能沾上粪便的纸片时，安妮便大发雷霆。在夏天或初秋，可以在公园里看见一些烂报纸，它被阳光烤熟了，像落叶一样又干又脆，黄黄的，仿佛在苦味酸里浸泡过。还有些纸片在冬天被捣碎、碾碎、污迹斑斑，返回到土中去。另一些纸片完全是新的，甚至上了光，白白的，令人激动，像天鹅一样展在那里，但是泥土已经从下面将它粘住。纸片卷曲着，脱离了烂泥，但是最后，在稍远的地方，又伏贴在地面上。这一切都可以拾起来。有时我从近处看看纸片，只是摸摸它，有时我将纸片撕碎，好听它发出长长的噼啪声。如果纸很潮湿，我便点上火，这当然有点费事，然后我在墙上或树上擦净那满是泥泞的手心。

今天早上，我瞧着一双浅黄褐色的皮靴，这是一位刚从军营出来的骑兵军官的皮靴。我瞧着它走动，看见在一个小水洼旁有一张纸。我料想军官会用鞋跟把纸片踩进泥水里，可是没有，军官大步越过了纸片和水洼。我走近那张纸，是横格纸，大概是从小学生练习本上撕下来的。它被雨水浇透，卷了起来，像烧伤的手那样布满了肿胀的水疱。纸边的红道褪了色，成为粉红色的水渍，有些地方的墨迹也模糊不清，纸的下半部被一块干泥盖住。我弯下身，高兴地盼着触摸这团柔软凉爽的纸浆，用手将它揉成灰色小团……但我没有做到。

我弯腰待了一秒钟，看到纸片上的字："听写，白猫头鹰"，我两手空空地直起腰来。我不再是自由的，不能再做我想做的事。

物体是没有生命的,不该触动人。我们使用物体,将它们放回原处,在它们中间生活,它们是有用的,仅此而已。然而它们居然触动我,真是无法容忍。我害怕接触它们,仿佛它们是有生命的野兽。

现在我明白了。那天我在海边拿着石子的感觉,现在记得更清楚了。那是一种淡淡的恶心。多么令人不快!而这种感觉来自石子,我敢肯定,是由石子传到我手上的。对,就是这个,就是这个:手上感到一阵恶心。

星期四上午,图书馆

刚才,在走下旅馆的楼梯时,我听见吕西一边给楼梯打蜡,一边在向老板娘诉苦,她诉苦已不下一百次了。老板娘很吃力地回答,话语简短,因为她还没有戴上假牙。她几乎赤身露体,只穿着粉红色的晨衣,脚蹬拖鞋。吕西像平时一样很脏,时不时地停下来,跪着直起上半身瞧着老板娘。她滔滔不绝地说着,显得理直气壮。

"我宁可他去追女人,这我不在乎,这对他也没有坏处。"

她讲的是她丈夫。这个黑发棕肤的小女人四十岁上才用积蓄买来了一个很可爱的年轻男人,勒库安特工厂的钳工,但家庭生活很不幸。丈夫并不打她,也不找别的女人,只是酗酒,每晚回家时都是酩酊大醉。他情况不妙,三个月以来面色发黄,日见消瘦。吕西认为是因为酗酒,可我看是肺病。

"得振作精神。"吕西常常说。

很明显,她十分苦恼,但她慢慢地、有耐心地振作起来,因为她既无法自我安慰,也不自甘沉沦。偶尔她也稍稍想到这桩烦恼,稍一想起便借机发挥,尤其是与人交谈时,因为人们总是安慰她,而她也稍感轻松,她那不慌不忙的语气仿佛在为他们出主意。她独自一人收拾房间时,我听见她在哼歌,为的是不去想这件事。但她整天闷闷不乐,厌烦愤懑地指着喉咙说:

"这里咽不下去。"

她独自享用痛苦,大概也独自享用快乐吧。我在想,她有时是否想摆脱这种单调的痛苦,摆脱这种她一停止歌唱便卷土重来的唠叨话呢?她是否希望痛痛快快地痛苦,自溺于绝望中呢?但是对她来说,这不可能,因为她已经被卡住了。

星期四下午

德·罗尔邦先生容貌奇丑。玛丽·安托瓦内特①王后常称他为"亲爱的丑八怪",然而他却赢得宫廷里所有女人的欢心。他不像丑男人瓦泽农②那样扮演小丑,而是靠一种吸引力,这种吸引力使被他征服的女人神魂颠倒。他长于耍阴谋诡计,在项链事件③中举止暧昧,与圆桶米拉博子爵④及奈尔西亚⑤来往频繁,后来在一七九〇年销声匿迹,不久后又出现在俄罗斯,参与暗杀保罗一世事件,后从俄罗斯去到最遥远的国度,印度、中国、土耳其斯坦,走私、玩弄阴谋、充

---

① 玛丽·安托瓦内特(1755—1793),法王路易十六的王后。
② 瓦泽农(1708—1775),其貌不扬,但十分风流,曾被伏尔泰称为"女人们亲爱的情夫"。——原编者注
③ 指一七八四年发生的玛丽·安托瓦内特王后的项链事件。德·拉莫特夫人欺骗红衣主教罗昂,让他借债购买珍贵项链赠送王后,后罗昂无力偿还债务,被捕入狱,王后也受到指控,朝廷上下分为两派。这个案件持续一年之久,后罗昂被流放,德·拉莫特夫人被捕入狱。
④ 圆桶米拉博子爵(1754—1792),曾武装反对法国大革命。
⑤ 奈尔西亚(1739—1801),法国小说家,其作品当时被视为淫秽之作。

当密探。一八一三年他返回巴黎，一八一六年执掌大权，成为昂古莱姆公爵夫人①的唯一亲信。这位老夫人喜怒无常，为童年回忆所困扰，只有看到德·罗尔邦先生时才开心地微笑。他通过这位公爵夫人在宫廷里为所欲为。一八二〇年三月，他娶了美丽的德·罗克洛尔小姐为妻，她芳龄十八，而他已七十岁了。此时他至尊至贵，处于一生的巅峰。七个月以后，他被控谋反，被捕入狱，五个月以后死于狱中，而此案无人过问。

我忧郁地重读热尔曼·贝尔热②的这段注解。我是从这几行字中首先知道德·罗尔邦先生的。我觉得他十分迷人，而且，根据这几行字，就立刻爱上了他！正是为了他，为了这位亲爱的先生，我才来到这里。我从国外旅行归来时，原本可以立刻定居巴黎或马赛，然而，大部分有关这位侯爵滞居国外的资料都保存在布维尔市立图书馆。罗尔邦曾是马罗姆城堡的领主。在战前，那个村子里还有他的一个后代，是位

---

① 昂古莱姆公爵夫人（1778—1851），法王路易十六之女，曾目睹父母被处死。
② 热尔曼·贝尔热：《圆桶米拉博及其朋友》第406页，注②，尚皮翁出版社，1906。——原编者注

建筑师，姓罗尔邦-康普雷。他于一九一二年去世，将大量遗物赠给布维尔图书馆，其中有这位侯爵的书信、日记片断以及各种文件。我还没有仔细研究过这些资料。

我很高兴找到这些笔记。我有十多年没有碰它们了。我的笔迹似乎变了。从前我写得很密。那一年我是多么热爱德·罗尔邦先生啊！我还记得有天傍晚，一个星期二傍晚，我在马扎林图书馆工作了一整天，阅读了罗尔邦先生于一七八九至一七九〇年期间的书信，从中猜到他多么巧妙地欺骗奈尔西亚。这时天色已黑，我走下曼恩大街，来到快乐街拐角，买了一些栗子。我真快活！我想到奈尔西亚从德国回来时那副模样，不禁独自大笑起来。侯爵的面孔和这墨水一样，自我研究以来，已大大暗淡了。

首先，从一八〇一年起，他的行为就难以理解。我不缺资料：信件、日记片断、秘密报告、警察局档案，我的资料甚至太多了。但我认为这些见证不够可靠，不够确实。它们相互并不矛盾，不，然而也不吻合。它们说的仿佛不是同一个人。可是，别的历史学家依据的也是同样的资料，他们是怎样做的？莫非我过于谨慎或者不够聪明？其实这样提问题对我毫无意义。我追求的到底是什么？我不知道。长久以来，我对罗尔邦这个人的兴趣超过我打算写的那本书，可是现在，这个人……开始使我厌烦。我更关注的是书，写书的愿望日益强烈，大概是因为我越来越老了吧。

当然，我们可以假定罗尔邦积极参与了谋杀保罗一世的阴谋，后来又被沙皇派去东方做密探，并且经常背叛亚历山大一世而效忠拿破仑。与此同时他还可能与阿图瓦伯爵①保持频繁通信，并告之以无足轻重的信息以显示自己的忠诚，这一切并非不可能。在这个时期，富歇②也在玩弄更复杂、更危险的把戏。罗尔邦也许还私下和亚洲的公国做枪支交易。

是的，他很可能做这一切，但是没有证据，我开始想也许永远也找不到证据。这些假定十分恰当，能反映事件，但它们来自于我，它们只是我归纳知识的一种办法。没有任何一点来自罗尔邦。事实是缓慢、怠惰、阴沉的东西，它们顺应我所强加的严格秩序，

---

① 阿图瓦伯爵，法王路易十六最小的弟弟，即未来的国王查理十世。
② 富歇（1759—1820），法国政治家，在法国督政府、执政府、拿破仑帝国期间曾任警察总监。

但始终留在秩序之外。我觉得自己在做一种纯粹臆想性的工作。小说人物肯定更真实可信,而且更为有趣。

星期五

三点钟。三点钟。要干事已经太晚,或者太早了。下午三点钟可是个怪钟点。今天更是无法容忍。

寒冷的阳光照得灰扑扑的玻璃窗发白。天空暗淡泛白。今天早上小河结了冰。

我坐在暖气炉旁艰难地消化午餐。我知道这一天将白白浪费掉。除非夜幕降临,否则我什么事也做不了,这是由于阳光,阳光将工地上空肮脏的白雾染成泛泛的金色,阳光泻进我的房间,苍白发黄,在我桌上铺开四个灰暗、虚假的影子。

我的烟斗上有一层金色的漆,初一看十分悦目,但细看之下金漆已脱落,木头上只剩下长长一道灰白痕迹。一切都是如此,一切,包括我的手。既然阳光是这样,最好还是上床睡觉,但是我已闷头睡了一夜,现在毫无困意。

我喜欢昨日的天空,昏暗的雨空,它显得窄狭,紧贴着我的玻璃窗,仿佛是一张可笑而动人的面孔。

今天的太阳却一点也不可笑，恰恰相反。它向我所喜爱的一切，向工地上的锈迹和栅栏的烂木板投下一种吝啬和有节制的光线，就像人们在不眠之夜以后看着头天晚上冲动之中做出的决定，或者一气呵成、未加修改的文章。维克多-诺瓦尔大街的四家咖啡馆一到夜间便灯光灿烂，交相辉映。它们远不止是咖啡馆，还是水族馆、大船、星星或白色的大眼，然而它们此刻却失去了这种朦胧的风采。

这种天气对自省是再好不过了。太阳向万物投下冷冷的光，仿佛是毫不留情的审判。它从我的眼睛进入我体内，照亮我的内部，使我贫瘠。我敢肯定，不出一刻钟，我就会达到自我厌恶的极端。多谢了，我可不想这样。我也不打算重读我昨天写的有关罗尔邦旅居圣彼得堡的文章。我垂着手坐着，或者胡乱画着，百无聊赖，打着呵欠，等待黑夜来临。等天黑以后，我们，物体和我，将走出虚渺。

罗尔邦参与还是没有参与暗杀保罗一世的阴谋？这就是今天的问题。我已经走到了这一步，这一点不确定我就无法继续下去。

按照切尔科夫的说法，罗尔邦受雇于帕伦伯爵。切尔科夫说，大多数谋反者都同意推翻并囚禁沙皇

（亚历山大似乎也赞成这个办法）。但是帕伦希望一劳永逸地除掉保罗，于是德·罗尔邦先生便受命去——劝说谋反者，使他们同意暗杀。

> 他拜访他们中间的每个人，而且绘声绘色地模仿可能出现的场面。就这样他使他们产生并发展了谋杀的狂热。

但是我不相信切尔科夫。他不是明智的见证人，而是暴虐的占星家，是半个疯子，因为他把一切都说成恶魔。我根本看不出为什么德·罗尔邦先生要扮演这个夸张的角色。他模仿了暗杀的场面？算了吧。他很冷静，一般从不以情来打动人，不作明示，只作暗示。他这种平淡的、缺乏戏剧性的方法只能在他的同类人身上奏效，即能够理喻的阴谋家、政治家。

夏里埃尔夫人①写道：

> 阿代马尔·德·罗尔邦讲话时从不绘声绘色，不做手势，没有抑扬顿挫。他半闭着眼，睫毛下勉强露出一点点灰色眼珠。近几年我才敢承

---

① 夏里埃尔夫人（1740—1805），荷兰女作家。

认他曾使我十分厌烦。他的话有几分像马布利神甫①写的书。

而正是这个人,利用模仿的才能……可他是如何迷惑女人的呢?这里还有塞居尔②讲的一件奇事,我觉得它是真实的:

一七八七年,在穆兰附近的一家小旅店里,一位老人正奄奄一息。他是狄德罗的朋友,曾受到哲学家们的熏陶。附近的神甫们忙得不可开交,竭尽全力,但毫无效果。这老人是泛神论者,拒绝临终圣事。德·罗尔邦先生正经过这里,不相信这件事,向穆兰的本堂神甫打赌,说不出两小时他就能使病人恢复基督教感情。本堂神甫接受了打赌,而且输了,因为罗尔邦在清晨三点钟开始接触病人,五点钟病人就进行了忏悔,七点钟便死去。"您竟如此雄辩?"本堂神甫说:"您比我们厉害!"罗尔邦答道:"我没有

---

① 马布利神甫(1709—1785),法国哲学家和历史学家,天性悲观,绰号为"预言不幸的先知"。本书中的马布利咖啡馆由他得名。
② 塞居尔(1753—1830),拿破仑麾下的将军,剧作家,著有三卷回忆录。

辩论，只是使他害怕地狱。"

现在，他真正参与谋杀了吗？那天晚上八点钟时，一位军官朋友送他回到住所。如果他后来又出来，那怎能顺顺利利穿过圣彼得堡呢？保罗处于半疯狂状态，已下令自晚上九时起逮捕一切行人，只有产婆和医生除外。难道那个荒谬的传闻是真的：罗尔邦装扮成产婆混进皇宫？不过，这种事他也做得出来。总之，发生暗杀的那天晚上，他不在自己家里，这事似乎已被证实了。亚历山大多半对他疑虑重重，所以在登基后的头一批举措中，就以赴远东执行任务这种含糊其词的借口使罗尔邦侯爵远离圣彼得堡。

德·罗尔邦先生使我非常厌烦。我站起身，在苍白的光线中活动一下。我看见光线在我手上和衣袖上变化，说不出多么恶心。我打呵欠。我点燃桌上的灯，灯光也许能压过日光。可是不然，灯柱脚周围只有可怜的一小片光。我灭了灯，站起来。墙上有一个白色的洞，是玻璃镜，这是陷阱。我知道我会陷下去。我陷下去了。那灰东西出现在镜子里。我走近它，瞧着它，再也无法走开。

这是我的面影。在这种白白浪费的日子里，我常常待在这里端详它。我不明白它，不明白这张面孔。

别人的面孔都有含意，而我的面孔却没有，我甚至说不出它是美是丑。我想它是丑的，因为人家这样对我说。但我并不感到惊奇。说实话，将这种类型的品质赋予面孔，我甚至很反感，难道可以说一块土或一块岩石是美还是丑吗？

然而，毕竟有一个东西使我看了高兴，它是在软塌塌的面颊上方，在前额上方，这便是使我头部发亮的、漂亮的红色火焰：我的头发。它可是悦目的，至少颜色鲜艳。我很高兴有一头棕红头发。它，在那里，在镜子里，引人注目，光彩照人。我算是幸运儿，如果我的头发晦暗无光、介乎褐色和黄色之间，那么我的面孔会暧昧不清，它会使我发晕。

我的眼光慢慢地、烦闷地，顺着额头，顺着面颊往下，它遇不到任何坚实的东西，它陷在沙里。当然，这里有鼻子、眼睛、嘴，但它们没有任何含意，甚至也没有人的表情。不过安妮和韦莉曾经说我炯炯有神，可能是我对自己的面孔太习惯了吧。我小时候，毕儒瓦婶婶对我说："你要是老照镜子，就会看见一只猴子。"我大概看得太久了，我看到的还够不上猴子，只是像块息肉，与植物界相近，它有生命，这我不否认，但不是安妮想的那种生命。我看见轻微的颤抖，我看见黯淡的肌肉正自在地伸展和抽动。从如此近处看，眼睛十分可怕。它是呆滞的、软塌的、盲目的，周围是红圈，像鱼鳞。

我整个身子倚在陶制框沿上，将脸凑近镜子，直至贴着它。眼睛、鼻子和嘴都消失了，不剩下任何有人性的东西了。在努起的滚烫的嘴唇两侧是棕色的皱纹、裂缝和隆起。大角度倾斜的面颊上有一层细软光滑的白毛，鼻孔里也伸出两根毛。这是一幅凸起的地质图。但这个月球世界毕竟是我熟悉的，我不敢说认出了它的细枝末节，但它的总体使我感到似曾相识，这种感觉使我变得迟钝，我渐渐滑入梦乡。

我想振作精神，强烈而锐利的感觉会使我得到解脱。我将左手贴在脸上，用力扯皮肤，扮一个鬼脸。整整半边脸被扯歪了，左半侧的嘴巴扭曲了，膨胀了，露出一颗牙齿；眼眶里是白色的眼球，下面是粉红色的、充血的皮肤。这不是我想要的，这里没有任何强烈的、新鲜的东西，而是淡淡的、朦胧的、已经见过的东西！我睁着眼睛入睡了，在镜子中我的脸已经胀大、胀大，成为一个奇大无比的、浅浅的光晕，滑入光线中……

我突然惊醒，因为我失去了平衡。我发现自己骑坐在椅子上,仍然恍恍惚惚。别人是否也这样对自己的面孔难作判断呢?我看自己的面孔时就好比在感觉自己的身体,那是一种隐约的、器质性的感觉。但是别人呢?譬如罗尔邦?他看着自己在镜子里的面孔时也昏昏欲睡吗?德·冉利斯夫人①曾经写道:

> 在他那布满皱纹和麻点、干干净净、清清爽爽的小脸上有一种奇怪的狡黠神气,虽然他竭力掩饰,但仍一目了然。他着意修饰头发,每次见他,他总戴着假发。他的面颊呈蓝黑色,因为他蓄着浓须,他喜欢自己刮胡须,但又刮得不好。他常像格里姆一样往脸上涂铅白粉。德·当热维尔②先生说他那张脸又白又蓝,活像一块罗克福尔奶酪。

他大概很有趣,但是在德·夏里埃尔夫人眼中可不是这样,她大概觉得他死气沉沉。人也许根本不可能了解自己的面孔,或者是因为我孤独一人?群居的人们学会了在镜子里看见自己出现在朋友面前的模

---

① 德·冉利斯夫人(1746—1830),法国作家,曾写过八十多部作品,特别是回忆录。——原编者注
② 德·当热维尔,可能影射法兰西喜剧院演员博托(1707—1783)。——原编者注

样。我没有朋友，所以我的肉体才如此赤裸？真好像，是的，真好像是没有人的自然。

我没有兴趣工作，什么也干不了！只有等待黑夜。

五点半

情况不妙！糟糕透了！我感觉到那个脏东西，恶心！这一次它在咖啡馆里袭击了我，这是从未有过的，因为迄今为止咖啡馆是我唯一的避难所，这里有许多人，又有明亮的灯光，然而以后连这也没有了。我在房间里走投无路时，我再也无处可去。

我来咖啡馆寻欢作乐，可是我刚推开门，女侍者玛德莱娜就对我喊道：

"老板娘不在，上街买东西了。"

我大失所望，生殖器一阵发痒，很不舒服。与此同时我感到乳头在与衬衣摩擦。我被一种缓慢的、有色彩的涡流围住、裹住，这是由烟雾和镜子组成的雾和光的涡流，尽头处有几张长椅在发亮。我不明白为什么它在这里，为什么会这样。我站在门口犹豫不决，这时产生了一股旋涡，天花板上出现了一个阴影。我感到自己被朝前推了一下。我在漂浮，明亮的雾气从四面八方进入我体内，使我晕头转向。玛德莱娜漂浮着走过来，帮我脱下大衣。我注意到她的头发是往后梳的，她戴着耳环，我认不出她来了。我瞧着她的大脸颊，它们没完没了地往耳朵延伸。在颧骨下方的颊窝里有两个孤立的粉红色印迹，它们在这可怜的肉体上似乎感到乏味。面颊延伸，朝耳朵延伸，玛德莱娜笑着说：

"您要点什么，安托万先生？"

于是恶心攫住了我，我跌坐在长椅上，甚至不知身在何处。颜色在我周围慢慢旋转，我想呕吐。就这样，从此恶心不再离开我，它牢牢地抓住我。

我付了钱。玛德莱娜端走了碟子。我的玻璃杯紧压着桌面上一小摊黄色啤酒，酒里漂着一个小气泡。长椅的软垫在我坐的地方塌了下去，于是我不得不用鞋底紧紧蹬着地面，以免滑下去。天很冷。在我右边，他们正在呢绒桌布上玩牌。我进门时没有看见他们，只是感到那里有暖暖的一大团东西，一半在长椅上，一半在最里面的桌子上，还有成双成对挥动的手臂。后来玛德莱娜给他们送去纸牌、桌布和一只盛着筹码的木碗。他们是三个人还是五个人，我不知道，我不敢看他们。我身上断了一根弹簧，我能转动眼睛，但不能转动脑袋。我的头软软的，富有弹性，仿佛正好架在我脖子上。我要是转头，头就会掉下来。尽管如此，我还是听见一个短促的呼吸声，眼角偶尔瞟见一个布满白毛的发红的闪光。这是一只手。

老板娘上街买东西时，她的表亲便替她站柜台。他叫阿道尔夫。我坐下时开始看他，一直看着他，因为我的脑袋不能转动。他穿着衬衣，挂着淡紫色的背带，衬衣袖子一直卷到肘弯以上。蓝衬衣上的背带几乎看不见，它们隐没了，隐藏在蓝色中，但这是虚假的谦虚，事实上它们不甘于被遗忘。它们温顺而固执，令我不快，仿佛它们原来要成为紫色，但中途却停了下来，放弃了最初的抱负。我真想对它们说："去呀，成为紫色，事情就了了。"可是不，它们悬在那里，既未完成抱负，又痴心不改。有时，四周的蓝色滑过来将它们完全盖住，有一刻我根本看不见它们。但这仅仅是一阵波浪，不久以后，有几处蓝色变淡了，于是我看见迟疑不决的淡紫色像小岛一样露了出来，小岛逐渐扩大，相互连成一片，重新组合成背带。阿道尔夫没有眼睛，他的眼皮肿胀翘起，只露出下面一小点眼白。他在微笑，似睡非睡，不时地响响鼻子，叫一叫，身子轻轻抖动，活像一只睡梦中的狗。

他那件蓝布衬衣在巧克力色的墙壁前显得欢快。这也产生了恶心，或者这就是恶心。恶心并不在我身上，我感到它在那里，在墙上，在背带上，在我四周。它与咖啡馆合而为一。我在恶心中。

在我右手，那暖暖的一团开始喧闹起来，成双的手臂在挥动。

"噫，这是你的王牌。""王牌，怎么回事？"一个大黑脊梁俯在牌桌上："嘿嘿嘿！""怎么，王牌，他出了王牌。""我不知道，我没看见……""对，我出王牌。""那好，红心王牌。"他哼唱："红心王牌，红心王牌。红——心——王——牌。"说白："怎么回事，先生？怎么回事，先生？我要了！"

再度寂静——我的口腔后部感到空气的甜味。气味。背带。

表亲站起来走了几步，将手背在身后。现在他微笑，抬起头，身体往后仰，重心放在脚跟上。他就用这种姿势睡着了。他摇摇晃晃，始终带着微笑，双颊在颤动。他要跌倒了。他往后仰，往后仰，往后仰，面孔完全对着天花板，接着，快跌倒时，他灵敏地抓住柜台边沿，又恢复了平衡。如此这般往返不已。我看腻了，将女侍者唤过来：

"玛德莱娜，在留声机上放一支曲子吧，好不好？你知道，就是我喜欢的那支歌：Some of these days.①"

"好，不过这些先生们可能不高兴，他们玩牌时不喜欢音乐。哦，我去问问。"

我使出很大力气才转动了脑袋。他们是四个人。女侍者俯身对一位老头说话，他脸膛红红的，鼻尖上架着黑圈单片眼镜。他把纸牌藏在胸前，从下朝上看我一眼。

"好吧，先生。"

微笑。他的牙齿烂了。那只红手不是他的手，而是他的邻座——一个蓄着黑髭须的人——的手。此人鼻孔极大，占去他半张脸，似乎足以为一大家人泵送空气，但是，尽管如此，他仍然张着嘴呼吸，还气喘吁吁。和他们在一起的还有一个长着狗脸的青年。第四位玩牌的人我看不清楚。

纸牌旋转着落在呢绒桌布上，然后几只戴着戒指的手拾起它们，指甲刮着桌布。手在桌布上构成白色的斑

---

① 英文：《有一天》——拉格泰姆乐曲（源于美国黑人乐队的早期爵士音乐），由黑人音乐家谢尔顿·布鲁克于一九一〇年作曲并作词。曾风靡一时。

点，显得鼓胀，灰尘扑扑。纸牌不停地落下，手也来来回回地动。多么古怪，既不像游戏，也不像仪式，也不像习惯。我想他们这样做仅仅为了填满时间。但时间太长了，无法填满。我们往时间里投的一切都软化了，变得松弛。譬如这只红手，它踉踉跄跄地拾牌，这个动作太松弛无力，应该把它拆散、压缩。

玛德莱娜摇动留声机的手柄。但愿她没有弄错，可别像那天一样放上 Cavalleria rusticana① 这首大曲子。她没有弄错，正是我要的曲子，一听旋律我就认出来了。这是一首拉格泰姆老曲子，迭句是歌唱。一九一七年我曾经在拉罗歇尔的街上听见美国兵用口哨吹这个曲子。它在战前就有了，但录音则是近得多的事。不过，这张唱片是这一套中最老的，是使用宝石唱针的帕泰牌唱片。

一会儿就有迭句，我最爱听，它像悬崖绝壁一样陡直地伸入海中。眼下还是爵士乐，没有旋律，只有一些音，一大堆小震动。它们没有间隙，一个不可变更的顺序使它们诞生和死亡，它们无法从容不迫，无

---

① 意大利文：《乡村骑士》——意大利作曲家马斯卡尼（1863—1945）的歌剧。

法为它们自己而生存。它们在奔跑，一个紧跟着一个，狠命地敲我一下就消失了。我很想留住它们，但是我知道，如果我拦住一个，它在我手里将只是一个暧昧和萎靡的音。我必须接受它们的死亡，我甚至应该盼望它们的死亡。我的感觉很少如此尖锐，如此强烈。

我开始感到暖和，感到快活。这还算不了什么，只是一个小小的、恶心的快乐。这快乐在黏糊糊的水洼深处，在我们的时间——浅紫色背带和破长椅的时间——深处伸展，它是由大而软的瞬间组成，瞬间的边沿渐渐向外扩展。它刚诞生就已经衰老，我似乎认识它有二十年了。

还有另一种快乐。外面有那条钢带——音乐的狭窄时间，它穿透我们的时间，拒绝它，并且用冷冷的小尖角刺伤它，这是另一个时间。

"朗迪先生出红心，你出 A。"

声音滑过去，消失了。门开了，一阵冷气拂过我的膝头，兽医领着小女儿走了进来。但这一切丝毫无损于钢带，音乐刺破和穿越这些模糊的形状。小姑娘刚一坐下就被吸引住了，她睁大眼睛，直挺挺地听着，一面用手在桌上摩擦。

再过几秒钟,那位黑女人就要唱了。这似乎不可避免,这音乐是必然的,任何东西也无法使它中止,任何来自这个让世界搁浅的时间也无法使它中止,它会自动地、按顺序地停止。正是因为这一点,我更喜欢这美丽的声音,不是因为它宽阔,也不是因为它忧郁,而是因为它被那么多音符千呼万唤才出来,音符的死亡带来了它的诞生。然而我很担心,因为一点点小事就会使唱片停下来,或者是弹簧断了,或者是表亲阿道尔夫忽发奇想。奇怪而感人的是,这段时间竟如此脆弱。任何东西都无法使它中断,然而任何东西都能使它破碎。

最后的音符消失了,随之而来的是短暂的寂静,我强烈地感到:行了,发生了什么事。

  Some of these days
  You'll miss me honey.①

发生的事就是恶心消失了。在寂静中,歌声渐高,我感到自己的身体变硬了,恶心消失。突然一下变得如此坚硬,如此鲜红,几乎令人难受。与此同时,音乐的时间膨胀了,像龙卷风一样膨胀开来,金

---

① 英文:有一天你会想念我,亲爱的。

属般透明的时间充溢了整个咖啡厅,将我们可怜的时间挤到墙边。我在音乐中。玻璃镜里滚动着火球,烟雾的环圈围绕着它们转动,将光线的冷酷微笑时而遮住,时而揭露。我的啤酒杯缩小了,蜷缩在桌子上,显得稠实、不可或缺。我想拿起它掂量掂量,我伸出手……老天爷!它变了,我的手变了。我手臂的动作像威严的旋律一样扩展,沿着黑女人的歌声滑动,我仿佛在跳舞。

阿道尔夫的脸就在那里,靠在巧克力色的墙上。它仿佛就在近旁。我捏紧手时,看见了他的头。它显出了结论一般的确凿性、必然性。我用手捏住杯子,瞧着阿道尔夫,我很快活。

"瞧这个!"

在嘈杂的背景前迸出了这个声音。这是我的邻座,那个红脸膛老头在说话。棕红色的长椅更衬托出他紫红色的面颊。他将牌往桌上一拍。方块王牌。长着狗脸的年轻人微微一笑。红脸膛牌友身子俯在牌桌上,偷眼瞧他,随时会蹦起来。

"瞧这个!"

年轻人的手从暗处露了出来,显得白净,它懒洋洋地在空中停留了一刻,接着便突然像鸢一样俯冲下来，紧紧压着桌上的一张牌。红脸膛的胖子跳起老高：

"妈的！他用王牌压。"

在痉挛的手指下露出了红心国王的模样，随后国王脸朝下地被翻了过去，游戏继续进行。漂亮的国王来自远方，那么多计谋，那么多已消失的行动为他的出现作了准备，而现在他也消失了，让位给另一些计谋，另一些行动，进攻，反攻，胜负易手，一大堆小小的冒险。

我很激动，我感到自己的身体像一台停住的精密机器。我有过真正的冒险，现在想不起任何细节了，但我看到种种情境中有严格的连贯性。我曾漂洋过海，告别许多城市，沿着河逆流而上或者钻进森林。我总是朝另一个城市走去。我有过女人，有过斗殴，而我永远不能倒退，就像唱片无法倒转一样。但这一切将我带到了哪里？带到了此时此刻，带到了这张长椅上，带到了这个响着音乐的、光亮的气泡中。

And when you leave me.①

是的，在罗马，我喜欢坐在台伯河畔，在巴塞罗

---

① 英文：当你离开我时。

那，我喜欢黄昏时分在宽人行道的街上散步，在吴哥附近的波罗坎巴莱小岛上，我见过一株用根缠着纳加①神庙的印度榕树，此刻我在这里，和玩牌的人生活在同一时刻，我听着黑女人唱歌，外面是游荡中的虚弱的夜。

唱片停止了。

夜进来了，虚情假意，犹犹豫豫。人们看不见它，但它在这里，它蒙住灯光，你呼吸空气，感到其中有什么厚厚的东西，这就是它。天冷。一个玩牌的人将乱七八糟的牌推向另一个人，让他收拢来。有一张牌被漏掉了。难道他们看不见？这是一张红心9，终于有人拾起它来，递给了长着狗脸的年轻人。

"啊！红心9！"

很好，我要走了。红脸膛的老头低头瞧着一张纸，嘴里吮着铅笔头。玛德莱娜用明亮而无神的眼睛瞧着他。年轻人将那张红心9拿在手中转来转去。老天爷！……

我艰难地站起身。我看见在镜子里，在兽医的头部上方，滑过一张非人的面孔。

---

① 纳加，即高棉雕刻中经常出现的神圣动物之一，七头蛇。

待会儿我要去看电影。

新鲜空气使我很舒服,它没有糖味,也没有苦艾酒的酒气,可是,老天爷,天真冷。

现在是七点半钟,我不饿。电影要到九点才开演。我干什么呢?快步走走,暖暖身子。我在犹豫,我身后的那条大街通往市中心,通往灯火辉煌的中心区街道,通往派拉蒙宫、帝国宫、雅昂大商场,但它们对我毫无吸引力。现在是喝开胃酒的时刻。一切活物,无论是狗是人,一切自然活动的柔软主体,我都看腻了。

我向左转,我要钻进那排路灯尽头的洞里,顺着诺瓦尔大街一直走到加尔瓦尼大道。洞里刮着冰冷的风,那里只有石头和泥土。石头是硬的,而且不会动。有一段路十分讨厌。右边的人行道上有一大团灰色气体,夹带着几串火光,发出贝壳类的声音,这是老火车站。它的存在丰富了诺瓦尔大街上的头一百米——从棱堡大街到天堂街——使那里出现了十几盏路灯和四家并排的咖啡馆:铁路之家和另外三家。咖啡馆在白天有气无力,一入夜便灯火通明,并向街心投下长方形的光影。我还要沐浴在三条黄色光影中。我看见从拉巴什针线杂货店里走出一位老妇，她将方巾拉起盖着头，跑了起来。现在走完了，我来到天堂街人行道的边沿，站在最后一根灯柱旁边。沥青地突然中止。在街对面是黑暗和泥泞，我穿过天堂街，右脚踩在水洼里，袜子湿了。散步开始了。

人们不住在诺瓦尔大街这个区里。这里气候严酷，土地贫瘠，无法定居和发展。索莱伊兄弟（他们曾为海滨圣塞西尔教堂提供有护壁的拱穹，价值十万法郎）的三家锯木厂门窗都朝西，开向静谧的冉娜-贝尔特-克鲁瓦街，使这条街上机声隆隆。三家工厂都背朝维克多-诺瓦尔大街，以围墙相连。这些建筑物沿着左边人行道，长约四百米，没有一扇窗户，连天窗都没有。

这一次我踩在水里走着。我走到对面人行道上，那里有唯一一盏路灯，它像地球尖端的灯塔，照着一道破损的、有几处被拆毁的栅栏。

木板上还挂着几张破广告。在一张星形的破绿纸上，有一个满脸仇恨的、美丽的面孔正在做怪相，有人用铅笔在它鼻子下面画了一副钩状髭须。在另一张碎纸上，可以看出白色的字 purâtre①，它滴下几个红点，也许是血。这张脸和这个字也许属于同一张广告。现在广告撕碎了，它们相互之间的简单关系消失了，另一种关系则自动地在扭曲的嘴、血迹、白字、字尾 âtre 之间建立了起来。这些神秘的符号仿佛试图表达一种毫不松弛的、罪恶的情欲。透过木板之间的缝隙，可以看见铁路的灯光。栅栏过去就是一堵长长的墙。墙上没有缺口，没有门，没有窗，直伸到二百米开外的一座房屋。我走出路灯的光区，进入黑洞。我看着脚前自己的影子融入黑暗，我仿佛掉进了冰水。在前方尽头，透过层层稠密的黑暗，我看见浅浅的粉红色，那是加尔瓦尼大道。我回转身，在远方，在路灯后面，有一点光亮，那是火车站和四家咖啡馆。在我前面，在我后面，都有人在啤酒店里玩牌，但这里只有黑暗。风间或送来一阵微弱而孤独的铃声，它来自远方。做家务的声音、汽车的隆隆声、呼喊声、狗吠声，它们都留在温暖处，不会离开明亮的街道，但这铃声却穿过黑暗达到我这里。它比别的声

---

① pur，纯洁；âtre，含贬义的字尾。这是作者臆造的字，大意为"不洁的纯洁"。

音更坚硬，更缺少人性。

我停步聆听它。我很冷，耳朵疼，耳朵大概冻得通红。但我感到自己是纯净的，我的四周以其纯净征服了我。没有任何东西有生命，风吹着，僵直的线条遁入黑夜。诺瓦尔大街没有卑下的姿态，不像资产阶级的大街那样向行人献媚。没有人想到要装饰它，它恰恰是反面，冉娜-贝尔特-克鲁瓦街的反面，加尔瓦尼大道的反面。布维尔的居民对车站附近还稍加收拾，为了旅客有时去打扫打扫，可是再往远他们就完全不管了。于是这条街便盲目地、笔直地向前，与加尔瓦尼大道相撞。它被这座城市遗忘了。有时一辆土色大卡车飞快驰过，发出雷鸣声。这里甚至没有谋杀案，因为既缺乏凶手也缺乏受害人。诺瓦尔大街是无人性的，就像一块矿石，就像一个三角形。布维尔能有这样一条街真是幸运。一般说来，这种街只是在首都才有，譬如在柏林的新科隆或腓特烈海因附近，或者在伦敦的格林威治附近。这是些笔直的狭长通道，十分肮脏，刮着穿堂风，人行道很宽但没有树。它们几乎总是在城郊的古怪街区，有了它们才有了城市，附近是货车车站、有轨电车车站、屠宰场、煤气储气厂。暴雨过后两天，全城在阳光下半潮半干，散发出潮湿的热气，但这些街道仍然十分寒冷，而且到处是水洼和烂泥。有些水洼终年不干，除非到了每年的八月。

恶心待在这里，待在黄色的光中。我很快活，寒冷是如此纯净，夜晚是如此纯净，连我自己不也是一股冰冷的空气吗？没有血液，没有淋巴，没有肉体。在这条长长的通道里朝着远处苍白的光线流动。只有寒冷。

这里有人。两个人影。他们来这里干什么？

一个小个子女人拉着一个男人的袖子。她低声说话，说得很快。由于有风，我听不清她在说什么。

"你闭嘴，行不行？"男人说。

她仍然在说。男人猛然推开她。他们四目相视，迟疑不决，接着男人把两手插进口袋，头也不回地走了。

他消失了。我与那女人相距不到三米。突然间，一种沙哑深沉的声音将她撕裂，从她身上迸发出来，整条街便响起了激烈冲动的话语：

"夏尔，求求你，你知道我对你说什么？夏尔，回来吧，我受不了，我太痛苦了！"

我从她身边走过，几乎能碰着她。这是……怎能相信这个热情冲动的肉体，这张痛苦不堪的脸竟是……？但我认出了那条头巾、那件大衣，以及她右手上的那块紫红色大胎痣。这是她，是女佣吕西。我可以帮助她，但她得有能力提出要求。我慢慢地从她面前走过，眼睛瞧着她。她盯着我，但仿佛看不见我，她痛苦得不知身在何处。我走了几步，又回过头……

不错，是她，是吕西，但神情完全变了，不再是她自己。她正在埋头忍受痛苦。我羡慕她。她直挺挺地站在那里，张开双臂，仿佛等待被打上烙印。她张着嘴，呼吸困难。我感到街道两旁的墙在升高，在相互靠近，她好像站在井底。我等了一刻，我怕她突然倒在地上，因为她很娇弱，承受不了这异常的痛苦。但是她凝然不动，仿佛像周围的一切那样变成了石头。片刻间我怀疑自己是否看错了她，这突然显现的才是她真正的本质……

吕西发出轻微的呻吟，惊讶地睁着大眼，用手摸着喉咙。不，她能承受这样的痛苦，这力量不来自她本身，而来自外部……就是这条街。应该搂住她的双肩，将她领到明亮处，领到粉红色温暖的街道上，领到人们中间，因为在那里人们不会感到如此强烈的痛苦。她会软化，恢复她那讲究实际的神气以及普通程度的痛苦。

我背朝她转过身去。毕竟她运气不错。而我呢，三年来过于平静。从这种悲惨的孤独中，我如今只能得到一点空空的纯净。我走开了。

星期四，十一点半

我在阅览室工作了两个小时，然后下到抵押广场抽烟。这是一个用红砖铺砌的场地，修建于十八世纪，是布维尔居民的骄傲。在夏马德街和絮斯佩达街的街口，横挂着旧铁链，表示禁止车辆通行。一些身着黑衣的女士在遛狗，她们沿着墙，在拱廊下慢慢走动，很少来到空地上，但她们像年轻姑娘一样偷眼瞧着居斯塔夫·安佩特拉兹①的雕像，悄悄投去满意的目光。她们大约不知道这尊大铜像是谁，但是从他的礼服和高礼帽看，他显然是一位上流社会的人。他左手拿着礼帽，右手放在一大摞对开本的文书上。她们感到底座上的这尊铜像像是她们的祖父。她们不需久久注视就能明白他和她们想法一致，在一切问题上都

---

① 居斯塔夫·安佩特拉兹，萨特臆造的名字，与求得荣誉（头衔……）者（impétrant）音、形相近。——原编者注

完全一致。他用他的权威,用被他的手所沉甸甸压着的渊博学识为她们服务,为她们狭隘而牢固的思想服务。黑衣女士们大可放心,尽可以安安心心地操持家务和遛狗。至于那些神圣的思想,那些从父辈传下来的良好思想,已不再由她们,而由这个铜铸的人来捍卫了。

《大百科全书》①上有关于这个人物的几行文字,我去年读过。我把书放在窗台上,透过玻璃窗看到安佩特拉兹的绿色脑袋。我读到他于一八九〇年左右踌躇满志,担任学区督察,画了一些精美的小玩意,又写了三本书:《论希腊人的民主》(1887)、《罗兰②的教育学》(1891)以及一八九九年的诗体遗嘱。他于一九〇二年去世,受到同胞及有识之士的深深惋惜。

我靠在图书馆正面的墙上。烟斗快灭了,我抽了一口。一位老妇人畏畏缩缩地从拱廊里走出来,精细而固执地瞧着安佩特拉兹。她突然壮起胆子。尽快地

---

① 指一九〇〇年左右出版的《大百科全书》,共32卷。——原编者注
② 指夏尔·罗兰(1661—1741),法兰西研究院教授,巴黎大学校长,曾著书论教育学。萨特在此也可能指他在勒阿弗尔中学的同事罗兰。——原编者注

穿过院子,来到铜像前站立片刻,一面翕动嘴唇。接着她那在粉红色石砖上的黑色身影便逃走了,消失在墙的裂缝里。

一八〇〇年时,这个广场也许是很轻快的,因为它有粉红色的地砖和周围那些房屋,但现在它却显出几分冷漠与不祥,稍稍令人厌恶,这是由于底座上那个高高的铜像。这位大学教师被铸成铜像,也就成了巫师。

我看着安佩特拉兹的正面。他没有眼睛,也几乎没有鼻子,胡须上到处有一种古怪的斑点,它像传染病一样,有时袭击本区所有的雕像。安佩特拉兹在致敬,在他坎肩上,靠心脏的地方,有一大块浅绿色印迹。他看上去体弱不适,精神不佳。他没有生命,是的,但他也不是死的。他发出一种隐约的力量,像风在推开我。安佩特拉兹想将我赶出抵押广场。我得抽完烟斗再走。

一个瘦瘦的大黑影突然出现在我身后,使我吓了一跳。

"对不起,先生,我本不想打扰您。我看见您的嘴唇在动。您大概在重复您书里的话吧。"他笑了,"是在寻找十二音节诗句?"

我惊讶地看着自学者,他对我的惊讶感到吃惊。我说:

"在散文里不是应该小心翼翼地避免这种诗句吗,先生?"

我在他眼中的身价降低了。我问他此刻在这里做什么,他说老板让他走,他便直接来到图书馆。他不打算吃午饭,他要看书,一直看到图书馆关门。我不再听他讲,他大概离开了最初的话题,因为他突然说:

"像您那样享受写书的幸福。"

我得说点什么。

"幸福……"我的语气流露出怀疑。

他误解了这句回答,迅速纠正说:

"应该说:本领,先生。"

我们走上楼。我无心写作,便拿起有人忘在桌上的一本书,《欧也妮·葛朗台》,它翻到第27页,我机械地拿起它,开始读第27页,接着又读第28页。我没有勇气从头读起。自学者快步朝靠墙的书架走去,取回两本书放在桌子上,就像一只找到骨头的狗。

"您在读什么?"

他似乎不想告诉我，犹豫了一下，转动着迷惘的大眼，接着无可奈何地递过书来。这是拉尔巴莱特里耶①的《泥炭和泥炭沼》以及拉斯泰克斯的《希托帕代萨或有益的教诲》②。怎么了？有什么使他为难的，这些书不是很正派的吗？为了于心无愧，我翻了翻后一本书，其中都是高尚的东西。

三点钟

我放下《欧也妮·葛朗台》，又工作起来，但情绪不高。自学者看到我在写，用既尊敬又艳羡的目光观察我。我不时稍稍抬起头，看见从他那硕大的硬领中伸出一个鸡脖子，他的衣服磨损了，但衬衣却白得耀眼。他在同一个书架上又取了一本书，我从反面看清了标题，那是朱莉·拉韦尔尼小姐的诺曼底编年史《科得贝克之箭》③。我不由得对自学者的阅读书目感到困惑。

---

① 拉尔巴莱特里耶，法国作家，曾写过五十多部有关农业的书。——原编者注
② 这是一部由梵文译成的寓言与故事集，作者姓名是萨特臆造的。——原编者注
③ 《科得贝克之箭》，朱莉·拉韦尔尼小姐的一本小册子，于一八八〇年出版。

突然间我想起他最近读的书的作者姓名：朗贝尔、朗格卢瓦、拉尔巴莱特里耶、拉斯泰克斯、拉韦尔尼。我心头一亮，原来这就是自学者的方法：按字母顺序来阅读。

我看着他，带着几分赞叹。慢慢地、坚持不懈地实现如此庞大的计划，他必须有多大的毅力！七年前的某一天（他告诉我他已经自学七年了），他大模大样地走进阅览室，用眼光扫过那些靠墙的、不计其数的书，大概像拉斯蒂涅①一样说："人文科学，咱们俩来拼一拼吧。"然后便从右端第一个书架上取下第一本书，翻开第一页，对自己这个不可动摇的决定怀着敬畏之情。现在他读到了字母 L，J 后是 K，K 后是 L。他从鞘翅目研究跳到量子论研究，从瘸腿帖木儿评传跳到抨击达尔文主义的天主教小册子，而且从不感到困惑。他什么都读，单性生殖的理论，反对活性解剖的论据，他都东拉西扯地全部收进大脑里。在他后面，在他前面，有整整一个宇宙。有一天他将合上最左端最后一个书架上的最后一本书，对自己

---

① 拉斯蒂涅，巴尔扎克小说中的人物，他曾站在拉雪兹神甫公墓的高处，面向巴黎上流社会，气概非凡地说："现在咱们俩来拼一拼吧！"

说:"现在呢?"

该吃点心了。他老老实实地吃面包和一块加拉彼特牌巧克力。他垂着眼皮,我可以尽情欣赏他那美丽的、弯弯的睫毛——女人的睫毛。他发出一股老烟草的气味,吐气时还夹杂着淡淡的巧克力香味。

星期五,三点钟

我差一点上了镜子的当。我避开镜子,却落入玻璃窗的陷阱。我无所事事,晃着胳膊走到窗前。工地、栅栏、老车站——老车站、栅栏、工地。我打着呵欠,连眼泪都打出来了。我右手拿着烟斗,左手拿着那包烟丝。应该装烟斗,但我没有勇气。我垂着两臂,前额靠在玻璃窗上。那位老妇人使我不快。她固执地碎步疾走,眼神迷惘,有时又畏葸地停住,仿佛刚有一个无形的危险从她身边擦过。她来到我窗下,风吹她的裙子紧贴着膝盖。她站住了,整理一下头巾,手在颤抖。她又走了。现在我看见的是她的背影。老鼠妇!我估计她会朝右走上诺瓦尔大街,大概还有一百多米吧,照她现在的速度,得用上十分钟。在这十分钟里,我就这样待着,额头靠在玻璃窗上瞧着她。她会停下二十次,再走,再停……

我看到了未来，它在那里，在街上，比现在稍稍更苍白。它为什么非要实现不可呢？那会给它增加什么呢？老妇人步履蹒跚地走远了，不一会儿又停下来，理理从头巾下遛出的一绺灰发。她走着，刚才她在这里，现在她在那里……我开始糊涂了，我是看见还是预见她的姿势？我再分不清现在和将来，然而它在持续，它在逐渐实现。老妇人在僻静的街上走，摆动着脚上那双肥大的男鞋。这就是时间，赤裸裸的时间，它慢慢来到存在中，它让你等待，可是当它来到时，你感到恶心，因为你发现它早已在这里了。老妇人走近街的拐角，成了一小堆黑衣服。对，不错，这是新事，因为刚才她不在那里。但这种新事褪了色，凋谢了，永远不会使人惊讶。她要拐弯，她在拐弯——无止境的时间。

我奋力使自己离开窗口，踉踉跄跄地在房间里走。我贴着镜子瞧自己，我对自己感到恶心，又是无止境的时间。最后我摆脱了自己的影像，倒在床上。我瞧着天花板，想睡一觉。

安静。安静。我不再感到时间的滑动和擦动。我看见天花板上的图像。首先是圆圆的光圈，然后是十字形，它们像蝴蝶一样飞来飞去。接着，另一个图像在我眼睛的底部成形了。这是一个跪着的大动物。我看见它的前腿和驮鞍,其他部分被蒙在雾里。但我认出了它,它是我在马拉喀什见到的一头骆驼。它被系在一块石头上,一连六次跪下又立起,一些孩子们笑着喊着逗它玩。

两年以前真是奇妙。那时我一闭上眼,脑子里就像蜂箱一样嗡嗡响,于是我又看到一些面孔、树木、房屋、一个光着身子在桶里洗澡的日本釜石女人,一个死了的俄国人——他身上有一个大伤口,血流干了,在身体周围流成一大摊。我又感觉到古斯古斯①的味道,中午时分布尔戈斯市满街上的油味,特杜安城街上飘浮的茴香味,希腊牧人的口哨声,我深为感动。然而很久以来这种快乐就耗尽了。今天它会再生吗?

一个炙热的太阳在我脑中迅速滑动,就像一张幻灯片,在它后面是蔚蓝色的天空,它摇晃几下便停住不动了,我的内心被一片金光照耀。这光辉突然来自哪个摩洛哥(还是阿尔及利亚?叙利亚?)的太阳呢?

---

① 古斯古斯(Couscous),北非食品,用粗麦粉团加作料或再加鱼、肉、蔬菜等制作而成。

我沉入了往昔。

梅克内斯。那位山民当时是什么模样？在贝达伊清真寺和桑树浓荫下那个可爱的广场之间，他在小街上径直朝我们走来，使我们害怕。当时安妮是在我右边还是左边？

太阳及蓝天都是假象。我这是第一百次上当。我的记忆就像魔鬼钱袋里的钱：打开钱袋时，看见的只是落叶。

至于那位山民，我只看见一只大大的、乳白色的瞎眼。这只眼睛真是他的吗？在巴库向我讲述国家堕胎原则的医生也是独眼。当我想回忆他的面孔时，出现的也是这个发白的眼球。他们俩像诺尔恩①一样，只有一只眼睛，轮流使用。

至于当时我每天都去的那个梅克内斯的广场，事情更简单，它的形象完全记不起来了。我只模糊地感到它很可爱，而这几个字牢牢地连在一起：梅克内斯可爱的广场。如果我闭上眼，或者茫然盯住天花板，也许我能重建那个场景：远处有一棵树，一个矮壮的

---

① 诺尔恩(Nornes)，斯堪的纳维亚神话中的命运女神，掌管人的生死及宇宙秩序。

黑影朝我奔来。但这是为回忆而臆想出来的。那个摩洛哥人是瘦高个，当他碰到我时我才看见他。这么说我仍然知道他是瘦高个，某些简化了的知识仍然留在我的记忆里。但我什么也看不见，我搜索记忆，但是枉然，寻到的只是支离破碎的形象，我不清楚它们代表什么，也不清楚这是回忆还是臆想。

此外，在许多情况下，这些片断本身也消失了。剩下的只是字词。我还能够讲故事，讲得太好了（要说讲趣闻，除了海军军官和故事专家以外，我谁也不怕），但它们只是框架。有一个人，他干了这个，干了那个，但这不是我，他与我毫不相干。他游历一些国家，而对于这些国家我知之甚少，和从未去过一样。在我的叙述中，有时会出现从地图上看到的美丽名字：阿兰胡埃斯或坎特伯雷。它们在我身上引发了全新的形象，就像从未出门旅行的人根据书本所臆想的全新形象一样。我根据字词来遐想，就是这样。

然而在一百个死故事中，总有一两个活故事。对它们我是十分谨慎，偶尔讲讲，但不经常，唯恐损坏了。我打捞上一个故事，重又看见它的背景、人物、姿态。突然我停住了，我感到有损耗，我看见在感受的脉络之间出现了一个字词，我猜它将很快地取代我喜爱的某几个形象。我立刻停住，想别的事。我不愿意使记忆疲劳，不过这样做也没用，下一次讲述往事时，一大部分将会是凝止的。

我做了一个泛泛的动作想站起来，去找我在梅克内斯拍的照片。它们放在推到桌子下面的一个纸箱里。其实何必呢？这些刺激性欲的东西对我的记忆力不再起什么作用了。那天我在吸墨纸下面找到一张发白的照片，上面有一个女人站在水池旁微笑。我端详了一会儿没认出她来。照片反面写着："安妮，朴次茅斯，二七年四月七日"。

我从未像今天这样强烈地感到自己缺乏深度，我被我的身体及从它那里像气泡般轻盈升起的思想所限制。我用现在来构筑回忆。我被抛弃，被丢弃在现在中。我努力要和过去会合，但是枉然，我逃不掉。

有人敲门，这是自学者，我把他忘了。我答应过让他来看我的旅行照片。真见他的鬼。

他在椅子上坐下。屁股紧张地挨着椅背，僵直的上半身向前倾斜。我跳下床，开灯。

"怎么，先生，刚才不是很好吗？"

"看照片太暗了。"

他不知怎样处置帽子，我接了过来。

"真的吗，先生？您真想让我看照片？"

"那当然。"

这是策略。我希望他看照片时会闭上嘴。我钻到桌子下面，将纸箱推到他的漆皮鞋旁边，抱出一堆明信片和照片放到他膝上：西班牙和西属摩洛哥。

从他那副笑吟吟的开心神气，我明白要让他闭嘴谈何容易。他看了一眼那张从伊格尔多山俯瞰圣塞巴斯蒂安的风景照片，小心翼翼地将它放在桌子上，沉默了一会儿，然后叹口气说：

"啊，先生，您真走运，俗话说旅行是最好的学校。您同意这个观点吗，先生？"

我做了一个泛泛的手势。幸好他没有讲完。

"那该是多么巨大的变化呀。哪一天我能去旅行，出发以前一定要用文字记下我的性格，详详细细，这样，当我回来时，便可以把从前的我和后来的我作一番比较。书上说，有些人旅行以后身体和精神都发生了很大变化，连他们最亲的亲人都认不出他们了。"

他心不在焉地摆弄一大包照片，取出一张放在桌上，但是不看，接着又死死盯住下一张照片，那是布尔戈斯大教堂讲道台上的雕刻——圣热罗姆像。

"您见过布尔戈斯的那个动物形状的基督雕像吗?有一本奇怪的书,先生,专讲那些动物形状,甚至人形的雕像。还有黑圣母?它不在布尔戈斯,是在萨拉戈斯吧?不过布尔戈斯也有一座?朝圣者都亲吻它,对吧?我是指萨拉戈斯的黑圣母。一块石砖上还有她的脚印?是在一个洞里?母亲们把孩子推下去了?"

他直挺挺地,双手将幻想中的孩子往前推,仿佛在拒绝阿尔塔薛西斯①的礼物。

"啊,习俗,可真……真奇怪,先生。"

他稍稍气喘,对我仰起驴一般的大下颌。他身上有烟草和腐水的气味。那双美丽而迷惘的眼睛像火球一样闪光,几根稀疏的头发给头部蒙上雾气。在这个脑袋里,萨莫泽德人、尼亚姆-尼亚姆人、马达加斯加人、火地岛人都有极其怪异的庆典,他们吞食自己的老父亲和孩子;他们随着鼓声旋转,直至昏倒在地;他们是杀人犯,焚烧死人,将死人晾在屋顶上,

---

① 大约指阿尔塔薛西斯一世,薛西斯一世之子,公元前五世纪的波斯国王。

或者将死人放在点着火把的船上,任它随波漂流;他们随意交媾——母与子、父与女、兄弟姊妹之间;他们毁伤自己的肢体,阉割自己,将托盘吊在嘴唇上,在腰部刻上凶恶的动物形象。

"我们能不能像帕斯卡尔①那样说:习俗是第二天性呢?"

他那双黑眼睛紧盯着我的眼睛,他在乞求回答。

"那要看情况。"我说。

他舒了一口气。

"我也是这样想的,先生。但我怀疑自己,得读过所有的书才行。"

他看到下一张照片,激奋起来,高兴地喊着:

"塞戈维亚!塞戈维亚!我读过一本关于塞戈维亚的书。"

他带着几分高贵神气又说:

"我记不起作者是谁了,先生,我有时爱忘。是讷……诺……诺德。"

"这不可能,"我立刻说,"您刚刚读到拉韦

---

① 帕斯卡尔(1623—1662),法国数学家、物理学家、哲学家和作家。

尔尼。"

话一出口我便后悔。毕竟他从未谈起他的阅读方法,这种狂热应该是秘密。果然,他不知所措,噘起嘴唇好像要哭,接着他低下头,一言不发地翻看十几张明信片。

但是,三十秒钟以后,一种强烈的热情使他膨胀,他再不说话就会爆炸了。

"等我完成学业以后(大概还需要六年),要是可能,我就参加大学师生们每年组织的近东旅行。我想对某些知识进行确认,"他热情地说,"我还希望遇到意外的事,新鲜事,总之,奇遇。"

他降低了声音,一副调皮的神气。

"什么样的奇遇?"我吃惊地问。

"各种各样的,先生。坐错了火车,下错了站,到了一个陌生的城市,丢了钱包,误遭逮捕,在牢房里过了一夜。先生,我看可以给奇遇下个定义:一件反常的、但并不一定是非凡的事情。有人谈到奇遇的魔力。您觉得这种说法对吗?我想问您一个问题,先生。"

"什么问题?"

他脸红了,笑着说:

"也许冒昧……"

"说吧。"

他朝我俯下身，半闭着眼睛说：

"您有过许多次奇遇吗？"

我本能地回答说："有几次吧。"我的身体往后缩，避开他的口臭。是的，我这样说是出于本能，未经思考。一般说来，我为奇遇而自豪。但是今天，话刚出口，我便对自己愤愤不满，觉得自己在撒谎。我这一生没有任何奇遇，或者说我甚至不知何谓奇遇。与此同时，我肩上感到重负：气馁，这气馁与四年前在河内感到的一样，那时梅尔西埃催促我与他同行，而我闭口不答，只是盯住一尊高棉雕像。思想，这个使我十分厌恶的白色大物，就在这里，我有四年没有见到它了。

"我能问您……？"自学者说。

当然啦！给他讲一件事，一件出名的奇遇。但是，关于这个我一个字也不想说。

"这里，"我俯在他窄窄的肩头上，指着一张照片说，"这里，这就是桑蒂亚纳，西班牙最美的村庄。"

"吉尔·布拉斯的桑蒂亚纳①?我以为它是虚构的呢。啊,先生,您的谈话真使我长见识。显然您去过不少地方。"

我往自学者口袋里塞满了明信片、画片、照片,然后就把他赶出了门。他高高兴兴地走了。我灭了灯。现在我独自一人,不完全独自一人。还有那个思想,它在我面前,它在等待。它缩成一团,像只大猫待在那里。它什么也不解释,一动不动,只说不。不,我没有过奇遇。

我往烟斗里装烟丝,点燃烟斗,倒在床上,用大衣盖住腿。令我惊奇的是,我竟如此忧愁、如此烦闷。即使我的确没有过奇遇,那又怎样呢?首先,这似乎仅仅是语言问题。譬如我刚才想到的梅克内斯的那件事:一个摩洛哥人扑到我身上,想用一把大折刀扎我,但我给了他一拳,打在他的太阳穴下方……他用阿拉伯语喊了起来,于是来了一大群肮脏的人,他们追赶我们,一直追到阿塔兰市场。这件事,你管它

---

① 指法国作家勒萨日(1668—1747)的小说《吉尔·布拉斯》中的桑蒂亚纳。

叫什么都行，总之，它是我遇到的一件大事。

天完全黑了，我不知道烟斗是否熄灭。一辆有轨电车驶过，天花板上闪过红光，接着又驶过一辆笨重汽车，连房屋也在震颤。现在大概是六点钟。

我不曾有过奇遇。我有过麻烦事、事件、事故，你叫什么都行。但是没有奇遇。这不是语言问题，我开始明白了。我一直珍视某个东西胜于一切，但我自己并未意识到。那不是爱情，不是，也不是荣誉，也不是钱财，而是……总之我想象自己的生活在某些时刻会具有珍贵罕见的品质，那并不需要非凡的条件，我只要求一点点严格性。我目前的生活没有多少光泽，但是时不时地，例如当咖啡馆里响起音乐时，我便沉入往昔，心里想：从前，在伦敦，在梅克内斯，在东京，我也有过美好的时光，有过奇遇。但是现在，我连这一点也被夺去了。突然间，莫名其妙地，我明白十年来我在欺骗自己。奇遇是在书本里。当然，书本讲的事也可能在现实中发生，但方式不同，而我重视的正是这种发生的方式。

首先，开始应该是真正的开始。唉！我现在明白我想要什么了。真正的开始，像一声号角，像爵士乐的第一个音符，它突然切断了烦闷，加固了瞬间。它属于那样的黄昏，你事后说："那是一个五月的黄昏，我在散步。"你散步，月亮刚刚升起，你很清闲，无所事事，甚至有点空荡荡的，但突然间，你想道："有点什么事发生了。"不论是什么事：黑影里轻轻的爆裂声或是穿过街道的隐约人影。但这件小事与别的事不同，你立刻就看出它只是隐在朦胧中的一个大形态的前部；于是你暗想："有点什么事开始了。"

开始是为了结束。奇遇是不能加延长线的。它的意义来自它的死亡。我被永不复返地引向这个死亡——它也可能是我的死亡。每一时刻的存在似乎只是为了引来后面的时刻。我全心全意地珍惜每一时刻，我知道它是独一无二的、不可替代的，但我绝不阻止它的死亡。我在萍水相逢——在柏林和伦敦——的女人怀中度过的最后一刻——我热爱那一刻，我几乎爱上了那个女人——会结束的，这我知道。不久我就要去另一个国家。我再也见不到这个女人，再也见不到这一夜。我细察每一时刻，将它汲尽，无论是美丽眼睛里短暂的柔情，还是街上的嘈杂、黎明的微光，我都一一捕捉，并且永远将它固定在我身上。然而，那一刻在流逝，我不挽留它，我喜欢它流逝。

突然间有什么东西断裂了。奇遇结束了,时间又恢复它通常的惰性。我向后转头,身后那个富有旋律的美好形态完全沉没于往昔中。它越来越小,收缩成一团,现在,结尾与开端合而为一了。我瞧着这个金点在缩小,心想我愿意在同样条件下,从头到尾再生活一次,哪怕因此几乎丧命,哪怕因此而失去财富、朋友。然而,奇遇是不能重新开始的,也不能延长。

对,这就是我以前想要的——唉,也是我仍然想要的。当黑女人唱歌时,我是多么快活。如果我自己的生活成为旋律,又有什么高峰我达不到呢?

思想一直在那里,无以名之。它静静地等待。现在它似乎在说:

"是吗?你想要的就是这个?可这正是你从未得到过的(你想想,你一直用字词欺骗自己,将华而不实的旅行、女人的情爱、殴斗、玻璃首饰,称为奇遇),而且将来也永远得不到——任何人也得不到。"

但这是为什么?为什么?

星期六,中午十二时

自学者没有看见我走进阅览室。他坐在最里边那张桌子尽头。他面前放着一本书,但他不在看书,而是微笑地看着右邻，那是常来图书馆的一位很脏的中学生。那青年最初任凭他看，后来突然伸舌头扮了一个可怕的鬼脸。自学者脸红了，赶紧将脸藏在书里，埋头看书。

我改变了昨天的想法。昨天我太生硬了，觉得有没有奇遇都无所谓，只想弄清楚是否可能有奇遇。

现在我是这样想的：要使一件平庸无奇的事成为奇遇，必须也只需讲述它。人们会上当的。一个人永远是讲故事者，他生活在自己的故事和别人的故事之中，他通过故事来看他所遭遇的一切，而且他努力像他讲的那样去生活。

然而必须做出选择：或是生活或是讲述。例如我在汉堡与埃尔娜相处的日子，我不信任她，她也害怕我，我过着一种古怪的生活，但是既然我在生活里面，我就不去想它。后来有一天晚上，在圣保利的一家咖啡馆里，埃尔娜离我去盥洗室。我独自待着，留声机里放出音乐 Blue Sky①。我开始向自己讲述来汉堡以后发生的事。我对自己说："第三天晚上，我走进一家叫蓝洞的舞厅，注意到一位半醉的高大女人。

---

① 英文：蓝天。

那女人就是此刻我一面听 Blue Sky 一面等待的女人，她即将回来坐在我右边，用双臂搂住我。"于是我强烈感到这是奇遇。埃尔娜回来了，在我身边坐下，用手臂搂着我，但我却莫名其妙地憎恶她。我现在明白：当你必须重新开始生活时，奇遇的印象便消失了。

当你生活时，什么事也不会发生。环境在变化，人们进进出出，如此而已。从来不会有开始。日子一天接着一天，无缘无故的。这是一种没有止境的、单调乏味的加法。时不时地你会作部分小结，你说：我已经旅行三年了。我在布维尔已经住了三年了。但是也不会有结尾，你不可能一劳永逸地离开一个女人、一位朋友、一座城市。再说，一切都很相似。两星期以后，上海、莫斯科、阿尔及尔，都是一回事。有时——这种时候罕见——你检查自己的位置，发现你和一个女人粘上了，你被卷入一件不光彩的事，但这个念头转瞬即逝。一长串的日子又开始了，你又开始做加法：小时、天。星期一、星期二、星期三，四月、五月、六月，一九二四、一九二五、一九二六。

这，这就是生活。可是当你讲述生活时，一切都变了，只不过这种变化不为人们所注意罢了。证据便是你说你讲的是真实的故事，仿佛世上确有真实的故事。事件朝某个方向产生，而我们从反方向来讲述。你似乎从头说起："那是一九二二年秋天的一个傍晚，我在马罗姆当公证人的书记。"实际上，你是从结尾开始的。结尾在那里，它无形，但确实在场，是它使这几句话具有开端的夸张和价值。"我一面散步，一面想我的拮据，不知不觉地出了村。"这句话就它的本意而言，表明说话人心事重重、闷闷不乐，与奇遇相隔万里，即使有事件从身边掠过，他也视而不见。然而结尾在那里，它改变了一切。在我们眼中，说话人已经是故事的主人公。他的烦闷、他的拮据比我们的烦闷和拮据要珍贵得多，它们被未来热情的强光照成金黄色。叙述是逆向进行的。瞬间不再是随意地相互堆砌，而是被故事结尾啄住，每一个瞬间又引来前一个瞬间："天很黑，路上没有人。"这句话被漫不经心地抛出，仿佛是多余的，但我们可别上当，我们将它放在一边。这是信息，到后来我们才明白它的价值。主人公所体验的这个夜晚的一切细节，都仿佛是预示，仿佛是诺言，甚至可以说，他只体验那些诺言性的细节，而对那些不预示奇遇的事情则视而不见、听而不闻。我们忘记了未来还没有来到，那人在毫无预兆的黑夜里散步,黑夜向他提供杂乱而单调的财宝,他并不作选择。

我希望我生活的瞬间像回忆中的生活瞬间一样前后连贯,井然有序。这等于试图从尾巴上抓住时间。

星期日

今早我忘记这是星期日了。我像往常一样出门上街。我带着《欧也妮·葛朗台》。当我推开公园的铁栅门时,我突然感到有什么东西在和我打招呼。公园里空无一人,光秃秃的。可是……怎么说呢?公园的模样与往常不同,它向我微笑,我靠在铁栅门上待了一会儿,猛然间我明白今天是星期日,它在树上,在草坪上,仿佛是淡淡的微笑。这是无法形容的,只能简单地说:"这是公园,冬天里一个星期日早晨。"

我放开铁门,反身朝房屋和市民们的街道走去,低声说:"今天是星期日。"

今天是星期日。在沿海的码头后面,在货车车站附近,在城市周围,都有一些空荡荡的库房和一动不动地停在暗处的机器。在所有的房屋里,男人们都在窗子后面刮胡子,他们仰起头,时而瞧瞧镜子,时而瞧瞧寒冷的天空,看看天气如何。妓院也开始接待头一批客人：乡下人和士兵。在教堂里，在烛光下，一个男人面对一群跪着的女人喝葡萄酒。在所有的郊区，在长得没有尽头的工厂围墙之间，黑色的长队伍开始移动，慢慢向市中心行进。街道以骚乱时期的姿态来迎接他们：除了绕绳街以外，所有的商店都放下了铁挡板。再过一会儿，黑色人流将静静地侵入这些佯死的街道，首先是图尔维尔的铁路工人以及他们在圣森福兰肥皂厂工作的妻子，接着是儒克斯特布维尔的小市民，接着是皮诺纺织厂的工人，接着是圣马克藏斯区所有的修理工，最后是蒂埃拉什的人，他们乘十一点钟的有轨电车来。很快，在关门上锁的商店和房屋之间将出现星期日的人潮。

一座挂钟敲了十点半，我出发了。在星期日的这个钟点，可以在布维尔见到一种难见的景象，但不能去得太晚，必须赶在大弥撒结束以前。

若泽凡-苏拉里小街是条死街，有股地窖的气味，但是和每个星期日一样，它也充满了喧闹，充满了潮汐声。我转进夏马尔议长街，沿街是三层楼房，配上白色的长百叶窗。这条公证人的街也像每个星期日一样，闹哄哄的。我来到吉耶小巷，嘈声更大，我听出来了，这是人声。接着，在左边，突然迸发出了光与声。我到了,这就是绕绳街,我只要走进同类们的队伍,就会看到体面的先生们相互脱帽致意。

六十年前,谁会想到绕绳街会有如此奇妙的变化呢,它今天被布维尔的居民称作小普拉多大道①。我见过一张一八四七年的地图,上面根本没有这条街。那时它大概是一条又黑又臭的小巷,排水沟里流着砖片、鱼头和鱼内脏。但是,一八七三年年底,国民议会宣布,为了公益事业,在蒙马特尔山丘建立一座教堂②。此外不久,布维尔市长夫人见到了显圣,她的主保圣人圣塞西尔对她进行指责。让精英贵人们每星期日踩一脚泥去圣勒内教堂或圣克洛迪安教堂和小店主们一同做弥撒,是可忍孰不可忍?国民议会不是已经做出榜样了吗?靠上天保佑,布维尔的经济状况属于上乘,难道不该修建一座教堂向上帝谢恩吗?

这些幻象被接受了。市议会召开了一次历史性会议,主教同意募捐。剩下的是选址问题。商人和船主的古老家族主张将教堂盖在他们居住的绿丘,"让圣塞西尔俯视布维尔,就像耶稣圣心教堂俯视巴黎一

---

① 普拉多大道,马赛市一条长达三公里的大街。
② 指一八七三年决定修建的圣心大教堂,意在为巴黎公社"赎罪"。

样"。然而，人数不多却腰缠万贯的海滨大街的新贵们却不以为然。他们不在乎出多少钱，但教堂必须建在马里尼昂广场。他们出钱盖教堂是为了使用。他们很高兴能向称他们为暴发户的傲慢的市民们施展一下威风。主教想出了一个折中办法，于是教堂被建在绿丘和海滨大街的中途点。这座庞大的教堂于一八八七年建成，耗资一千四百万法郎以上。

绕绳街虽然很宽，但十分肮脏，名声不好，不得不全部重新翻修，居民们一律被迫迁到圣塞西尔广场后面，于是小普拉多大道就成了——特别是星期日上午——名人雅士的聚集处。他们所到之处，豪华商店一个接着一个开张，就连复活节星期一、圣诞节通宵、星期日上午也开门营业。于连熟肉店的热肉糜远近闻名，旁边的福隆糕点店陈列着它的名产，精致的圆锥形黄油小点心呈淡紫色，上面插着一朵糖做的蝴蝶花。迪帕蒂书店的橱窗里有普隆出版社的新书，几本技术书籍，例如船舶的理论、船帆的论著，还有一大本带插图的布维尔历史，以及陈设得十分雅致的精装本：蓝皮面的《柯尔希斯马克》[①]，淡黄皮面上烫有

[①] 《柯尔希斯马克》，法国作家伯努瓦（1886—1962）的小说。

大红花的《我儿子们的书》,它是保尔·杜梅尔①的作品。在"高级时装、巴黎款式"的吉斯兰商店两旁,有皮埃儒瓦花店和帕甘古董店。在一座崭新的黄色大楼的二楼是雇有四位指甲修剪师的居斯塔夫美发店。

两年前,在双磨坊巷和绕绳街的交接处曾经有过一家不知趣的小店,它贴出的广告是"滴必灵"牌杀虫药。这家店是在圣塞西尔广场上还有人叫卖鳕鱼的时代发迹的,已经有一百多年了。小店的橱窗很少被擦洗,你得费劲地透过灰尘和水汽往里瞧,才能看见一大群穿着火红紧身上衣的小蜡人,代表形形色色的老鼠。它们拄着拐杖,从一条多层甲板的大船上下来,刚登陆就被一位农妇挡住。这位穿着花哨,但面色发青、浑身污垢的农妇朝他们喷洒"滴必灵"药,将它们赶跑。我很喜欢这家小店,它有一种玩世不恭、冥顽不化的神气。它离那座法国最昂贵的教堂不过两步远,它在那里傲慢地提醒人们蚤虱和污垢的权利。

这位老草药商去年死了,她的侄子盘卖了小店。

---

① 保尔·杜梅尔(1857—1932),法国政治家,一九三一年当选总统,一九三二年遭暗杀。

几堵墙一拆,便有了现在的小会议厅——"雅厅"。亨利·波尔多①去年还来这里做过一次有关登山运动的谈话。

走在绕绳街上,不能匆忙,因为一家一家的人都在缓缓而行。有时,一家人走进福隆糕点店或皮埃儒瓦花店,于是你便可以向前挪一个位置。可是,有时两家人相遇,一家人属于正向的人流,一家人属于逆向的人流,他们相互紧紧握手,你只好站住,原地踏步。我小步前行。我比正反方向的人流高出整整一头,我看见许多帽子,帽子的海洋。大多数帽子都是黑色的硬帽。有时一顶帽子被一只手臂举起,微微发亮的脑勺露了出来,然后,几秒钟后,帽子又沉沉地落下来。绕绳街十六号是于尔班帽店,它专做军帽,门前挂着一个硕大无比的总主教红帽做招牌,金色的流苏从离地两米的高处垂下。

我站住了,因为在流苏的正下方聚集了一群人。我旁边的那人晃着胳膊,心安理得地等着。这是一个小老头,像瓷人一样苍白易碎,我估计他是商会会长科菲埃。据说他令人生畏,因为他总不说话。他住在

---

① 亨利·波尔多(1870—1963),法国作家,惯以大山为题材。

绿丘顶上一座大砖房里，窗户总是敞开着。好了，那群人散开，我们向前走了。另一群人又聚在一起，好在不占许多地方；他们刚一聚拢，就朝吉斯兰商店靠过去。人流甚至没有停下，只是稍稍向外弯一弯。我们从六个人面前走过，他们相互握着手说："您好，先生"；"您好，亲爱的先生，您好吗？快戴上帽子，先生，您会着凉的"；"谢谢，夫人，今天可不暖和"；"亲爱的，我给你介绍勒弗朗索瓦大夫"；"大夫，很高兴认识您，我丈夫常常讲起给他治好病的勒弗朗索瓦大夫，不过您快戴上帽子，大夫，您会得病的，不过大夫好得快"；"唉，夫人，大夫是最缺人护理的"；"大夫是出色的音乐家"；"哎呀，大夫，这我可不知道，您拉小提琴？大夫真是多才多艺"。

我身边那个小老头肯定是科菲埃。那群人中有一个女人，棕发女人，她一面朝大夫微笑，一面死死盯住小老头，仿佛在想："这不是商会会长科菲埃吗？他真叫人害怕，冷冰冰的。"但是科菲埃不屑一顾，这些是海滨大街上的人，不是上流社会的人。自从我在这条街上看到人们在星期日相互脱帽致意以来，我也学会了区分海滨大街和绿丘的住户。崭新的大衣、软毡帽、雪白耀眼的衬衫，走起路来大摇大摆，毫无疑问，这准是海滨大街的人。至于绿丘的人，他们有一种说不出的可怜相、消沉相。他们的肩膀窄窄的，憔悴的脸上露出傲慢不逊的神气。这位牵着一个孩子的胖先生，我敢打赌，他准是绿丘人，因为他脸色铁灰，领带细得像根绳子。

胖先生走近我们，盯着科菲埃先生，但是在快与科菲埃相遇时却扭过头去，慈爱地与小男孩逗趣。他又走了几步，俯身瞧着儿子的眼睛，俨然是个爸爸。突然间，他灵巧地向我们转过头来，迅速看了一眼小老头，弯起手臂做了一个大幅度的、冷冰冰的致意动作。小男孩不知所措，没有脱帽，因为这是大人之间的事。

在老下街的拐角上，我们的人流与刚从教堂涌出的信徒的潮流相遇，十几个人撞在一起，打着旋相互致意，帽子摘得飞快，我难以看清。在这个肥胖而苍白的人群上方是圣塞西尔教堂那庞大的白色建筑，它在阴沉的天空下显出白垩般的白色；它那光辉的厚墙后面还留着少许的黑夜。我们又开始走了，但顺序稍有变化。科菲埃先生被推到我后面，一位穿海蓝衣服的女士紧贴在我左边。她刚做完弥撒，眨着眼睛，晨光使她稍稍炫目。走在她前面、后颈瘦瘦的那位先生就是她丈夫。

街对面的人行道上,一位先生挽着妻子的手臂,凑到她耳边说了几句话,微笑了起来。她立刻小心翼翼地收起奶油色面孔上的一切表情,像盲人一样走了几步。这是明确的信号:他们要打招呼了。果然,片刻以后,这位先生便举起了手。当他的手指接近毡帽时,它们稍稍犹豫,然后才轻巧地落在帽子上。他轻轻提起帽子,一面配合性地稍稍低头,此时他妻子脸上突然堆出年轻的微笑。一个人影点着头从他们身边走过去,但是他们那孪生的笑容并没有立刻消失。出于一种顽磁现象,它们还在嘴唇上停留了一会儿。当这位先生和夫人和我迎面相遇时,他们恢复了冷漠的神气,但嘴边还留有几分愉快。

结束了。人群开始稀疏,脱帽致意也越来越少,商店橱窗也不那么精美了。我来到绕绳街的尽头。是否穿过街心,在对面的人行道上再往回走呢?我想已经够了,我看够了那些粉红色的脑袋,那些高贵的和谦逊的小脸。我打算穿过马里尼昂广场。我小心翼翼地从人流中抽出身来,这时,就在我旁边,黑帽下露出一个真正绅士的脑袋,就是那位海蓝衣服女士的丈夫。啊!长头型人的漂亮长脑袋,上面长着浓密的短发，漂亮的美国式唇须中夹着几根银丝。还有微笑，特别是微笑，有教养的美妙微笑。鼻子上什么地方还有一副单片眼镜。

他转过头对妻子说：

"这是工厂里新来的绘图员。不知他来这里干什么。他是个好小伙子，很腼腆，很逗。"

年轻的绘图员正靠着于连熟肉店的玻璃窗站着，他刚又戴上帽子，面孔绯红，垂着眼睛，神态执拗——这是强烈快感的外部迹象。显然他这是头一次在星期日来绕绳街。他看上去像初领圣体者。他两手背在身后，转头看着橱窗，露出十分讨人喜欢的腼腆。四根香肠披着晶莹闪亮的冻汁心花怒放地躺在香芹配菜上，但他视而不见。

一个女人走出熟肉店，挽起他的手臂。这是他妻子。她很年轻，但皮肤憔悴。她可以在绕绳街周围转来转去，谁也不会把她看作贵妇。她那玩世不恭的眼神，理智而警惕的态度泄露了她的身份。真正的贵妇是不知道价格的，她们爱的是痛快的挥霍。她们的眼睛是美丽天真的花朵，温室的花朵。

敲一点钟时我来到韦兹利兹餐馆。像往常一样，老头们都在那里,其中两位已经开始用餐了。有四位正在喝着开胃酒玩牌。其他人站在那里看他们玩,一面等待侍者摆餐具。最高的那位蓄着长须,是经纪人。另一位是海军军籍局的退休专员。他们像二十岁的人一样大吃大喝。星期日他们总是吃舒克鲁特①。最后到的人与正用餐的人打招呼。

"怎么,还是星期天的舒克鲁特?"

他们坐下,舒了一口气:

"玛丽埃特,小姑娘,来一杯不带泡沫的啤酒,再来一份舒克鲁特。"

这位玛丽埃特是个壮实的女人。我在最里边的餐桌前坐下,这时一位红脸老头拼命咳嗽,玛丽埃特正给他倒苦艾酒。

"再倒一点呀,瞧你。"他一边咳一边说。

一直在倒酒的玛丽埃特生气了:

"我不是在倒吗,谁说什么了?您这人,别人还没开口就生气。"

别人都笑了起来。

---

① 舒克鲁特,源自法国阿尔萨斯省的一道名菜,以酸白菜为主,配以大量的香肠、熟肉、土豆等等。

"一针见血!"

经纪人走去坐下,一边搭着玛丽埃特的肩膀:

"今天是星期日,玛丽埃特。下午和亲爱的男人一道去看电影?"

"啊,对,今天该安托瓦内特值班。至于亲爱的男人,成天干活的可是我。"

经纪人在一位胡子刮得光光的、神色不快的老头对面坐了下来。老头立刻激动起来。经纪人没有听,扮扮鬼脸,捋捋胡子。他们从来不听对方说话。

我认出了我的邻座,他们是附近的小商人。星期日女佣外出,他们便来这里用餐,总是拣同一张桌子。丈夫在吃一大块粉红色的牛排,凑近看看牛排,有时还闻闻。妻子正埋头小口小口地吃。这是个四十岁的金发女人,身体结实,两颊红红的、松松的,缎子衫下有着丰满、坚实的乳房。像男人一样,她每顿饭都大口喝下一瓶波尔多葡萄酒。

我读《欧也妮·葛朗台》,不是因为我喜欢,而是无事可干。我随意翻开这本书,母亲和女儿正在谈论欧也妮初生的爱情。

> 欧也妮亲吻她的手,说道:
> "你真好,亲爱的妈妈!"

这句话使母亲那张因长期痛苦而格外憔悴的老脸露出了光彩。

"你觉得他好吗?"欧也妮问。

葛朗台太太只微微一笑,沉默片刻后,她轻声说道:

"你已经爱上他了?那可不好。"

"不好,"欧也妮说,"为什么?你喜欢他,拿侬喜欢他,为什么我就不能喜欢他呢?好了,妈妈,摆桌子准备他来吃饭吧。"

她扔下手中的活计,母亲也跟着扔下,一边说着:

"你疯了!"

但她自己也高兴地跟着发疯,仿佛证明女儿疯得有理。

欧也妮唤来拿侬。

"又有什么事呀,小姐?"

"拿侬,中午能有奶油吗?"

"啊,行,中午行。"老女仆回答说。

"那好,给他上的咖啡要特别浓。我听德·格拉桑先生说巴黎人都喝浓咖啡。你得多放些咖啡才行。"

"我哪儿来那么多的咖啡？"

"去买呀。"

"要是撞上先生了呢？"

"他去牧场了……"

自我进来以后，我的邻座便沉默无语，此刻，突然间，丈夫的声音使我从阅读中惊醒。

丈夫用神秘的、甚感有趣的声调说：

"喂，你明白了吧？"

妻子吓了一跳，从遐想中醒来，瞧着他。他边吃边喝，然后又用同样诡秘的声音说：

"哈！哈！"

沉默。妻子又陷入遐想。

她突然打了一个寒战，问道：

"你说什么？"

"昨天，苏珊。"

"哦，对，"妻子说，"她去看维克多了。"

"我跟你说什么来着？"

妻子不耐烦地推开盘子：

"真难吃。"

盘子边上挂着她吐出来的灰色小肉丸。丈夫继续他的话题：

"那个小女人……"

他闭上嘴，茫然地微笑。在我们对面，老经纪人正在抚摸玛丽埃特的手臂，一面微微喘气。过了一会儿，丈夫说：

"那天我对你说过。"

"你说什么了？"

"维克多。她会去看他的。你怎么了？"他突然惊慌失措地问，"你不喜欢这个菜？"

"很难吃。"

"手艺不行了，"他傲慢地说，"赶不上从前埃卡尔的时候了。你知道埃卡尔如今在哪里吗？"

"在东雷米，是吧？"

"是的，是的，谁告诉你的？"

"是你，星期天你告诉我的。"

她拿起随便放在纸桌布上的一块面包吃了，然后用手熨平桌子边沿上的纸，迟疑地说：

"你知道，你弄错了，苏珊更……"

"这有可能，亲爱的姑娘，这有可能。"他心不在焉地回答，用目光寻找玛丽埃特，给她做手势。

"真热。"

玛丽埃特举止随便地靠在桌沿上。

"啊,是的,很热。"妻子抱怨地说,"这里很闷,牛肉又难吃。我要对老板说,手艺不如从前了。请你稍稍打开气窗吧,亲爱的玛丽埃特。"

丈夫又用逗乐的语气说:

"喂,你没看见她的眼睛?"

"什么时候,宝贝?"

他不耐烦地模仿她:

"'什么时候,宝贝?'你就是这样。在夏天,下雪的时候。"

"你是指昨天,哦,对!"

他笑起来,目视远方,相当用心地迅速背诵:

> 眼睛就像在火炭里撒尿的猫

他很满意,似乎忘记了想说什么。她也兴奋起来,并无什么想法:

"哈,哈,你这个机灵鬼。"

她一下一下地轻轻拍着他的肩头:

"机灵鬼,机灵鬼。"

他更自信地重复说:

"在火炭里撒尿的猫。"

她不再笑了:

"不，说真的，她可是个严肃的人，你知道。"

他俯下头，在她耳边讲了一个长长的故事。她张着大嘴听，面孔紧张而快活，仿佛想扑哧笑出来，接着她朝后一仰，抓搔他的手：

"这不是真的，不是真的。"

他理智而平静地说：

"你听我说，亲爱的，既然他是这样说的，要不是真的，他何必这样说呢？"

"不，不。"

"可既然他这样说了，你听着，假设……"

她笑了起来：

"我笑是因为我想到勒内。"

"是的。"

他也笑了，她煞有介事地低声说：

"那么，他是星期二发现的……"

"星期四。"

"不，星期二，你知道，因为……"

她在空中画了一个省略号。

长长的沉默。丈夫用面包蘸着汤汁。玛丽埃特撤下盘子，送上水果馅饼。等一会儿我也要吃一块水果馅饼。妻子心神恍惚，唇边挂着骄傲和不以为然的微笑，然后用拖长的声音说：

"啊，不，你是知道的。"

她的声音充满了感官欲望，以致他动了心，用胖手抚摸她的后颈。

"夏尔，别说了，你在刺激我，亲爱的。"她含着满嘴的馅饼微笑着说。

我试图继续看书：

"我哪儿来那么多的咖啡？"

"去买呀。"

"要是撞上先生了呢？"

可我又听见那女人在说：

"是呀，我会让玛尔特大笑的，我要讲给她听。"

他们不再说话了。在馅饼以后，玛丽埃特又端上了李子干，女人忙着吐果核，优雅地吐在匙上；丈夫则两眼看着天花板，用手在餐桌上敲进行曲。沉默似乎是他们的正常状态，而话语则是有时发作的小小的狂热。

"我哪儿来那么多的咖啡？"

"去买呀。"

我合上书，我要去散散步。

我走出韦兹利兹餐馆时，已将近三点钟了。我那沉甸甸的身体感到这是下午。不是我的下午，是他们的下午，是十万布维尔人将共同度过的下午。就在此刻，他们用完了丰富而漫长的星期日午餐，离开餐桌，对他们来说，什么东西已经死了。星期日已经耗尽它轻快的青春，现在该消化消化小鸡和馅饼，该换衣服上街了。

清亮的空气中响起了黄金国影院的铃声。大白天里响起铃声，这在星期日是司空见惯的。沿着绿墙有一百多人在排队，在贪婪地等待进入美妙的黑暗，等待那轻松自在的时刻，银幕将像水中的白石一样发亮，说出他们的心事和梦想。但这是空想，因为他们身上的某个东西仍然很紧张，他们担心美好的星期日会遭到破坏。等一会儿，他们会像每星期日那样大失所望，或者因为影片愚蠢，或者因为邻座抽烟斗并且往两腿下面吐痰，或者因为吕西安令人扫兴，没有说一句好话，或者，就在难得去电影院的今天，他们偏偏发作了肋间神经痛。等一会儿，像每个星期日一样，隐隐的愤懑将在黑暗的影厅里膨胀。

我走上布雷桑街。阳光驱散了云雾。天气晴朗。从波浪别墅走出了一家人。女儿站在人行道上扣手套，她大概有三十岁。母亲站在台阶的第一级上，自信地目视前方，一面深深地呼吸。至于父亲，我只看见他宽大的后背，他正弯下腰锁门。房子将幽暗无人，直到他们回来。在旁边那几所已经走空的、上了锁的房屋里，家具和地板在轻轻作响。出门以前他们熄灭了餐厅壁炉里的火。父亲和那两个女人会合在一起，全家人便一言不发地上路了。他们去哪里呢？星期日，人们或是去那座巨大的墓园，或是去拜访亲戚，或者，如果完全没事，去海堤上走走。我没事，便走在布雷桑街上，这条街通往海堤—散步场。

天空呈淡蓝色，几缕轻烟，几只白鹭，不时掠过一片浮云遮住了太阳。远处是沿着海堤—散步场的白色水泥栏杆，我透过栏杆的孔洞，看见大海在闪闪发光。这一家人向右拐，走上通往绿丘的上坡路布道神甫-伊莱尔街。我看见他们慢慢上坡，在闪烁的水泥地上形成三个黑点。我向左转，走进在海边络绎不绝的人群。

与上午相比，人群更为混杂。他们似乎都没有勇气继续承受规规矩矩的等级制度，而在午饭以前，他们曾为此自豪。商人和公务人员肩并肩地走着，任凭那些可怜巴巴的小职员和他们擦肩而过，甚至碰撞和挤压他们。贵族、精英、专业人员都融合在这温暖的人群中，他们现在只是人，几乎仅仅是人，他们不再代表任何东西。

远处有一摊亮光，那是退潮的大海。水面上的几块礁石尖撕破了这光亮的表层。沙滩上躺着几条渔船，不远便是黏糊糊的立方形石头，那是被胡乱扔到海堤脚下护堤防波的，石头与石头之间有洞隙，塞满了蠕动的东西。在外港的进口处，一条挖泥船矗立在阳光耀眼的天空下。每到晚上，它便轰鸣吼叫，喧嚣至极，直到午夜。但是每星期日，工人们上岸走走，只留下一个人看船，因此挖泥船便安静下来。

阳光清澈透明，像白葡萄酒。光线轻轻拂过身体，没有产生阴影或曲线，手和脸只是淡黄色的斑点。所有穿大衣的人都仿佛在离地几厘米的地方轻轻飘浮。风不时将水一般颤抖的阴影吹向我们。片刻间面孔褪了色，变成白色。

这是星期日。人群被夹在栏杆和别墅的铁栅之间缓缓流动，在大西洋轮船公司的大饭店前散开成上千条小溪。有许许多多孩子，他们或坐在车上，或被抱着、牵着，或三三两两、一本正经地走在父母前面。这些面孔，刚才我都见过，它们在朝气蓬勃的星期日上午显得得意扬扬，而现在，沐浴在阳光中，它们表露的只是安详、轻松和几分执拗。

大手势没有了。人们当然还摘帽致意，但不再夸张，不再像上午那样兴奋。他们微微向后仰着，抬头望着远方，任凭风吹着自己走，大衣在风中鼓胀了起来。有时有一声干笑，但立刻就被止住了。一位母亲在喊：雅诺，雅诺，听话。接着便是沉静。我闻见黄烟丝的淡淡的气味，原来小职员们在抽烟，萨朗波牌、阿依夏牌，这是星期日的香烟。在几张比较松弛的脸上，我仿佛看到几分忧愁。不，这些人既不忧愁也不欢快，他们只是在休息。他们那睁大的、凝神的眼睛被动地反射出大海和天空。等一会儿他们要回家，全家人围着餐桌喝茶。眼下他们只想少费力气，节省手势、话语和思想，随波漂流；他们只有一天的时间来抹去皱纹、鱼尾纹，以及一周的工作所带来的辛酸的表情，仅仅一天。他们感到时间从指缝间流过。他们来得及聚集精力以便在星期一早上焕然一新地从头开始吗？他们深深呼吸，因为海边的空气能增补精力。只有他们那入睡者般的均匀而深沉的呼吸表明他们还活着。我悄悄地走在这个处于休息状态的、悲惨的人群中，不知如何处置我那结实而且精力充沛的身体。

大海现在是深灰色,慢慢涨潮,晚上就该是满潮了。今晚,海堤—散步场会比维克多-诺瓦尔大街更荒凉。在左前方,有盏红灯在航道中闪烁。

太阳慢慢落在海面,途中将一所诺曼底别墅的窗子照得火红。有个女人被照得眼花缭乱,懒懒地用手捂住眼睛,一面摇着头。

"加斯东,真晃眼。"她半笑不笑地说。

"嘿!这可是好太阳,"丈夫说,"它不暖和,但叫人高兴。"

她转身朝着大海,又说:

"我还以为看得见它呢。"

"不可能,"丈夫说,"它在晃眼的地方。"

他们大概在谈卡伊博特岛,岛的南端位于挖泥船和外港码头之间,本该看得见的。

光线变柔和了。这个不稳定的钟点预示着黄昏来临。星期日已经成了过去。别墅和灰白栏杆仿佛是新近的回忆。面孔——失去闲暇的表情,有几张脸几乎变得温情。

一位怀孕的女人倚在一个模样粗鲁的金发青年身上。

"那儿,那儿,你瞧。"她说道。

"什么?"

"那儿,那儿,是海鸥。"

他耸耸肩,哪里有海鸥呢。天空几乎纯净如洗,天际露出淡淡的粉红色。

"我听见它们叫了。你听听,它们在叫。"

"那是什么东西在吱吱响。"他说。

一盏路灯在闪光。我以为是点灯的人来过了。孩子们等着他,因为这是回家的信号。其实这只是太阳的最后一缕反光。天空仍然明亮,但大地已进入阴暗中。人群越来越稀疏,海涛声清晰可闻。一个年轻女人双手抓住栏杆,仰面望天,她的脸呈蓝色,有一条由唇膏形成的黑道。刹那间我想我也许会爱人们,但星期日毕竟是他们的,不是我的。

首先亮起的是卡伊博特灯塔。一个小男孩在我身边站住,醉心地低声说:"啊!灯塔!"

于是我心中充满了奇遇的强烈感觉。

我向左转,经过帆船街到达小普拉多大道。橱窗都拉下了铁帘。绕绳街明亮,但行人稀少,已失去上午那短暂的繁华,此刻与周围的街道毫无区别。刮起了相当强劲的风，总主教的铁皮帽子在吱嘎作响。

我独自一人。人们大都回到了家，一边听广播一边看晚报。逝去的星期日给他们留下逝者如斯的感觉，他们的思想已经转向了星期一。但对我来说，既没有星期日也没有星期一，只有在混乱中相互推挤的日子，以及像这次一样突如其来的闪电。

什么也没有变，然而一切又都以另一种方式存在。我不知如何描写，它仿佛是恶心，但又与恶心正相反。总之我碰到了奇遇，我询问自己，我看出来我是我，我在这里。穿破黑夜的是我，我像小说主人公一样高兴。

什么事即将发生。在阴暗的老下街上，有什么东西在等我。在这里，在这条安静街道的拐角上，我的生活将要开始。我怀着宿命的感觉看着自己朝前走。在街的拐角处有一块白色界石。从远处看，它似乎很黑，但我每走近一步，它就变白一点。这个逐渐变白的黑色物体给我一种异样的感觉。当它完全明亮，完全变白时，我会停下来，恰好在它旁边，于是奇遇便将开始。黑暗中露出的这个白色灯塔现在近在咫尺，以致我几乎害怕起来，有一刻甚至想退回去。然而要打破魔力已不可能，我朝前走，伸出手，摸到了界石。

这是老下街和庞大无比的圣塞西尔教堂。教堂蹲在黑暗中,彩画玻璃窗闪着光。铁皮帽子在吱嘎作响。我不知道是世界突然缩小了,还是我使声音与形状达到了高度一致,我甚至无法想象周围的一切会与现状有什么不同。

我停下片刻,等待,我感到心跳。我用眼睛搜索荒寂的广场,什么也没有见到。刮起了相当强劲的风。我弄错了,老下街只是一个驿站,那东西在迪科通广场尽头等我。

我不急于继续往前走。我仿佛触摸到幸福的顶峰。我曾在马赛、上海、梅克内斯多方寻找这种饱满的感觉,今天我不再抱任何希望,我在这个空空的星期日傍晚回家,它却在这里。

我又走了起来。风吹来船的汽笛声。我独自一人,却像攻克城池的军队一样前进。就在此刻,轮船上的音乐在海上鸣响,欧洲城市都亮起了灯,共产党人和纳粹分子在柏林街头交火,失业者在纽约流落街头,女人们在温暖的房间里,在梳妆台前涂眼睫膏,而我,我在这里,在这条荒凉的街上。但是,从新科隆的窗口射出的每一枪,被抬走的血淋淋伤员的每一声抽噎，女人化妆时的每一个精确而细微的动作，它们都与我的每个脚步，我心脏的每次跳动相呼应。

我来到吉耶小巷，不知该怎么办，不是有人在巷尾等我吗？可是，在绕绳街尽头的迪科通广场，也有点什么东西在等我，等我去它才能诞生。我焦虑不安，因为一个小小的动作就会使我承担后果。我猜不出人们要求我做什么，但是必须做出选择，我放弃了吉耶小巷，它为我准备了什么，我将永远不得而知。

迪科通广场空无一人。难道我弄错了？我似乎无法接受这一点。真的什么事也不会发生？我走近亮着灯光的马布利咖啡馆。我犹豫不决，不知该不该进去。我从蒙着水汽的大玻璃窗往里面看了一眼。

店堂里挤满了人。香烟的烟雾与湿衣服散发的水汽使空气变成了蓝色。女收款员坐在柜台后面。我很熟悉她，她和我一样，长着棕红头发。她肠胃有病，忧郁地微笑着，下半身慢慢地腐烂，就像腐烂物体发出的那种堇菜气味。我从头到脚打了一个寒战，这是……等我的就是她。她在那里，上半身一动不动地露出柜台，她在微笑。从这个咖啡馆的深处，有什么东西向后倒转，回到这个星期日的散乱的瞬间，将瞬间一一串连起来，赋予它们含义。我穿越了这整整一天，最后来到这里，额头靠在玻璃窗上，端详这张在石榴红窗帘前微笑的清秀面孔。一切都停止了，我的生命停止了。这扇大玻璃窗，这像水一样蓝的浊重空气，这株在水底的又肥又白的植物，还有我自己，我们形成了一动不动的、完整的整体，我很快活。

但是当我回到棱堡大街时，心中只剩下辛酸的遗憾。我心中想："这种奇遇感也许是我在世上最珍惜的东西了，但它来得突然，去得匆忙，它去以后我又是何等的干瘪！难道它这种短暂的来访只是为了挖苦我，说我错过了生活？"

在我身后，在城市里，在发出冷冷的路灯光的笔直的大街上，一件重要的社会事件正寿终正寝，这是星期日的结束。

星期一

昨天我怎会写出这种荒唐和浮夸的句子呢？

"我独自一人,却像攻克城池的军队一样前进。"

我不需要华丽的辞藻。我写作是为了弄清某些情景。应该避免漂亮的空话,应该信手写来,不雕琢字句。

总之,昨晚我自觉崇高,这一点使我恶心。我二十岁时曾醉过,后来我解释说自己属于笛卡儿①那个类型。我很清楚英雄主义使我膨胀,但我听之任之,甚觉有趣。在这以后我感到恶心,仿佛躺在一张满是呕吐物的床上。我酒醉时从不呕吐,但呕吐也许更好。昨天我甚至没有酒醉的借口。我像傻瓜一样兴奋,现在我需要用清水一般透明的、抽象的思想来洗涤。

这种奇遇感肯定并非来自事件,这已得到证明。它多半是瞬间相连的方式。事实大概是这样:你突然感到时间在流逝,每个瞬间导致另一个瞬间,另一个瞬间又导致下一个瞬间,就这样继续下去;每个瞬间都消失,用不着挽留它,如此等等。于是人们把这种特性赋予在瞬间出现的事件,把属于形式的东西转移到内容上。总之,人们对著名的时间流逝谈得很多,

---

① 笛卡儿(1596—1650),法国哲学家。

却很少见到。人们看见一个女人，心想她会衰老，但是看不见她衰老，而另一些时候，人们似乎看见她衰老，并且感到与她一同衰老，这便是奇遇感。

如果我记得不错，人们称它为时间的不可逆转性。那么，奇遇感仅仅是对时间不可逆转性的感觉了。但为什么并不永远有这种感觉呢？难道时间并不永远是不可逆转的？有时候，人们感到可以为所欲为，前进或后退都无所谓，但在另一些时候，网眼仿佛收紧了，因此不能错过机会，因为不可能再一次从头开始。

安妮使时间恢复了它的作用。有一段时间，她在吉布提，我在亚丁，我常常去看她，共度二十四小时。她千方百计地增加我们之间的误解，直到最后离我走只剩下六十分钟了，确确切切的六十分钟。六十分钟正好使你感到时间在一秒钟一秒钟地流逝。我还记得一个可怕的晚上。我应该在午夜动身回亚丁。我们坐在露天电影院里，心情沮丧，她和我一样，只不过她是策划者。到了十一点钟正片开始时，她拉过我的一只手，双手紧紧握住，一言不发。我感到一种刺激性的欢乐，不用看表，我知道现在是十一点钟。从这时起，我们开始感到时间在一分钟一分钟地流逝。

这一次我们要分别三个月。银幕上有一次出现了全白的图像，冲淡了黑暗，我看见安妮在流泪。后来，到了午夜，她使劲握握我的手便放开了。我站起身，没有说一句话便走了。圆满的工作。

晚上七点钟

工作了一天，进展不错。我写了六页，感受到几分乐趣，何况这是对保罗一世统治的抽象论述。在昨天的狂喜以后，今天一整天我都正襟危坐。我真不该动情。不过，我在揭露俄国专制政体的手段时，感到十分自在。

但是这个罗尔邦令我很恼火。他在细小的事情上十分诡秘。一八〇四年八月他在乌克兰到底干了些什么？他隐晦地谈到这次旅行：

> 后代将做出判断：我的努力——未能成功——是否该受到粗暴的背叛和侮辱，我默默地忍受它们，而我心中的秘密足以使嘲讽者闭嘴和无比恐惧。

我受骗过一次。在谈到一七九〇年短暂的布维尔之行时，他的文字充满了浮夸和隐晦。我浪费了一个月去核实他的言行。最终，他使一个佃户的女儿怀了孕。也许他只是一个华而不实的人？

我对这个自命不凡、满口谎言的人十分气恼，也许这是怨恨吧。他对别人撒谎我很高兴，但是他应该对我破例。我原以为我与他会串通一气，骗过这么多死人，他终究会对我，对我讲真话的！可他什么也没有说，没有说，他对我说的就和对亚历山大或路易十八说的谎话一样。罗尔邦必须是个体面人，这点对我十分重要。机灵鬼，大概吧，谁不是机灵鬼呢？大机灵鬼还是小机灵鬼？我尊重历史研究，但并不因此而在这样的死人身上浪费时间，因为如果他活着，我对他是不屑一顾的。关于他，我知道些什么呢？想象不出会有比他的生活更美好的生活了，但他确实有美好生活吗？如果他的信件不是那么浮夸……啊，应该看到他的目光，他也许有一种迷人的动作：歪着头，调皮地竖起细长的食指放在鼻子旁边，或者，有时在两个彬彬有礼的谎言之间，他突然变得粗暴，但为时不长，他很快就克制住了。然而他死了，留下的只有《论战略》和《对道德的思考》。

如果我随意想去，我想象他是这样的人：他善于讽刺揶揄，伤害过不少人，但是在这个表象下面，他很单纯，近乎幼稚。他很少思考，但是，出于一种深沉的天赋，他在任何场合都举止得体。他的恶作剧是天真的、自发的、慷慨的，与他对道德的爱同样诚挚。他背叛了恩人和朋友，然后便严肃地转向事件以吸取教益。他从不认为自己对他人有任何权利，也不认为他人对他有任何权利。他认为生活对他的赐予是没有道理、毫无理由的。他迷恋一切，但又轻易地摆脱。他的信件和作品从来不是他自己写的，而是由一位写字先生代笔。

如果最终是这样，我还不如写一本关于德·罗尔邦侯爵的小说。

晚上十一点钟

我在铁路之家吃晚饭。老板娘在那里，我只好和她做爱，这是出于礼貌。我对她有几分厌烦，因为她太白，又有一股新生婴儿的气味。她热情洋溢地把我的头紧紧抱在胸前，认为应该这样做。至于我，我心不在焉地在毯子下面摸玩她的生殖器，弄得手臂发麻。我想到德·罗尔邦先生，为什么不写一本关于他生平的小说呢？我的手臂直直地贴着老板娘的腰。我突然看见一个小花园，那里的树木既矮又粗，毛茸茸的硕大的叶子从树上垂下,四处有蚂蚁在爬,还有蜈蚣和衣蛾。有的动物更可怕,身体是一片烤面包,就像一盘烧鸽里垫底的烤面包。它们像螃蟹一样用脚爪横行。宽大的树叶上有黑黑一层小虫。在仙人掌后面,公园里的韦莱达①用手指着自己的生殖器。"真令人作呕。"我大声叫了起来。

"我本不想弄醒你,"老板娘说,"但是床单压在我屁股下面,再说,我得下楼照料乘火车去巴黎的客人。"

封斋节前的星期二

我揍了莫里斯·巴雷斯②的屁股。我们是三个士兵,其中一人的脸中央有一个洞。莫里斯·巴雷斯走近我们说:"很好!"并且给我们每人一小束堇菜花。脸上有洞的士兵说:"我不知往哪里插。"莫里斯·巴雷斯说:"插在你头上的洞里。"士兵回答说:"插在你的屁眼里。"我们便把莫里斯·巴雷斯打翻在

---

① 韦莱达,公元一世纪的日耳曼女祭司,反对罗马人入侵,后成为人们崇拜的偶像。——原编者注
② 莫里斯·巴雷斯(1862—1923),法国作家,曾是民族主义运动的精神领袖。

地,脱下他的裤子,裤子下面有一件主教的红袍,我们掀起红袍,莫里斯·巴雷斯喊了起来:"当心,我的长裤是连鞋套的。"我们揍他的屁股,揍得出血,并且用堇菜花瓣在他臀部上画了一个戴鲁莱德①的头像。

一段时间以来,我经常想起我的梦。此外,我睡觉大概很不老实,因为每早起来毯子都掉在地上。今天是封斋节前的星期二,但是在布维尔,这并不是什么大事。全城只有一百多人化装打扮。

我走下楼梯时,老板娘叫住了我,

"这里有您一封信。"

一封信,我收到的最后一封信是去年五月份鲁昂图书馆馆长寄来的。老板娘领我去她的办公室,递给我一个鼓鼓的黄色长信封,这是安妮写来的。我有五年没有她的消息了。信是寄到我在巴黎的旧地址的,邮戳是二月一日。

我出门,信封握在手里不敢打开。安妮用的信纸没有变,她也许仍然去庇卡迪伊那家小文具店去买信

---

① 戴鲁莱德(1846—1914),法国作家与政治家,曾参与未遂的军事政变(1899)。

纸。她大概还保持原来的发型，留着浓浓的金色长发，不愿剪掉。在镜子面前，她不得不耐心地搏斗才能拯救自己的面孔。她不爱打扮，也不怕衰老。她愿意保持本色，仅仅保持本色。我欣赏她的也许正是这一点：对自己形象的忠实，绝对严格的忠实。

地址是用紫墨水写的（她也没有换墨水），有力的笔迹仍然微微闪着光泽。

安托万·罗冈丹先生

我多么喜欢在这些信封上看到我的名字。在朦胧中我又看到她的微笑。我猜到她的眼睛和那低俯的头。我坐着，她走过来，微笑地站在我面前。她比我高出上半身，她伸直手臂抓住我的两肩，摇晃我。

信封沉甸甸的，至少装了六张纸。在秀丽的笔迹旁边是我从前的门房那潦草的小字：

布维尔市普兰塔尼亚旅馆

这些小字没有光泽。

我拆开信封，失望使我又年轻了六岁。

"我不知道安妮是怎样把信封弄得鼓鼓的，里面可什么也没有。"

这句话，我在一九二四年春天说过一百次，当时我也像今天一样，使劲地从信封衬纸里抽出一小张方格纸。

安妮用铅笔写道："我过几天去巴黎。二月二十号你来西班牙旅店看我，求你了（'求你了'被加在这行字的上方，并且以一个古怪的螺线与'看我'相连），我必须见到你，安妮。"

我在梅克内斯和丹吉尔的时候，晚上回家有时看见床上有张纸条："我要立刻见到你。"我跑去看她，她开了门，抬着眉毛似乎很惊讶。她不再有话对我说了。她埋怨我去找她。这一次我要去，也许她拒绝见我，也许旅馆的人说："没有这个姓名的人住在我们这里。"但我想她不会这样做。不过，再过一星期，她可能写信告诉我她改变了主意，下一次再见面吧。

人们都在上班。这个封斋节前的星期二将平淡无奇。残废者街上有股浓重的湿木头气味，每次下雨以前都是这样。我不喜欢这种古怪的日子：电影院放映日场，学校的孩子们放假。街上有一种泛泛的、淡淡的节日气氛，不断引起你的注意，但当你真正注意时，它又消失了。

我大概能重新见到安妮，但不能说这个念头使我真正快活起来。接到她的信后，我便感到无所事事。

幸好现在是中午。我不饿，但我要去吃饭，以消磨时间。我走进钟表匠街上的卡米尔餐馆。

这是一家比较封闭的餐馆，整夜供应舒克鲁特或荤杂烩。人们看完戏就来这里就餐。那些夜里到达、饥肠辘辘的旅客们，在警察的指点下，来这里吃饭。八张石板面的桌子，沿墙是一排皮制长椅，两边是布满棕色斑点的镜子。两扇窗子和门上的玻璃用的都是毛玻璃。柜台在一个凹处，隔壁还有一个单间，是为成双成对的人准备的，我从来没有进去过。

"来一份火腿蛋。"

女侍者是一个双颊红红的高个子姑娘，她和男人讲话时总是笑。

"这我可没办法。您来一份土豆蛋吧？火腿给锁起来了，只有老板才能动。"

我叫了一份荤杂烩。老板叫卡米尔，很凶。

女侍者走开了。我独自待在这间阴暗的老店堂里。我的皮夹里有安妮的一封信。出于一种虚假的羞愧，我不再读这封信，只是试着一一回忆每句话。

我亲爱的安托万

我微笑了，当然不，安妮当然没有写"我亲爱的安托万"。

六年前——我们刚刚按照双方同意分了手——我决定去东京。我给她写了几个字，当然不能再称她为"心爱的"了，便天真地称她为"我亲爱的安妮"。

"你的自如真令我佩服，"她回答说，"我过去不是，现在也不是你亲爱的安妮，而你呢，我请你相信你也不是我亲爱的安托万。如果你不知道怎样称呼我，就别称呼我，那样更好。"

我从皮夹里取出她的信。她没有写"我亲爱的安托万"，信尾也没有客套话，只有"我必须见到你。安妮"。没有任何东西确切地告诉我她的感情。我不能抱怨，因为她喜爱完美。她总想实现"完美的时刻"。如果实现不了，她便对一切都不再感兴趣，生命从她的眼神中消失，她懒洋洋地待着，像一个青春期的大姑娘，要不就是挑我的毛病：

"你擤鼻涕像一个资产者，大模大样，还用手绢捂着咳嗽，一副志得意满的样子。"

不能回答，必须等待。突然，从我无意的举动中，她看到了信号，战栗了一下，无精打采的清秀面孔变得严肃了，她开始了辛勤的工作。她有一种无法抗拒的、迷人的魔法：她哼着歌，眼睛巡视四周，然后微笑着站起身，走过来摇晃我的双肩，而且，在几秒钟内，仿佛给周围的物体下命令。她用低沉、急促的声音解释她对我的期望：

"听我说，你想努力，对吧？上一次你可真傻。你知道这个时刻会多美吗？你瞧瞧天空，瞧瞧阳光在地毯上的颜色。我刚好穿上了绿裙衣，也没有化装，很苍白。你往后退退，坐在阴影里。你明白你该做什么吗？真是！你真傻！给我说点什么呀！"

我感到手中握着成败的关键。这个瞬间有一种朦胧的含意，必须使它更精练、更完美。某些动作必须要做，某些话必须要说。但我不堪责任的重负，瞪着眼睛什么也看不见。我陷在安妮臆想的那套关于瞬间的礼仪中，奋力挣扎，而且挥动粗大的手臂将它们像蛛网一样撕碎。在这种时刻，安妮恨我。

当然，我要去看她。我尊重她，而且仍然全心地爱她。但愿另一个男人对完美瞬间的游戏比我灵巧，比我走运。

"你这该死的头发把什么都破坏了，"她说，"能拿红头发的男人怎么办呢？"

她微笑。我首先失去的，是对她的眼睛的记忆，后来，是对她长长的身体的记忆，我尽量长久地记住她的微笑，后来，三年前，我也失去了这个记忆。不过刚才，当我从老板娘手中接过信时，这个回忆又突然回来了，我仿佛看见安妮在微笑。我再试试回忆它，因为我需要感受安妮所勾起的全部柔情。这个柔情就在那里，近在咫尺，它渴望诞生。然而，回忆不再来，完了。我仍然空荡荡、干巴巴的。

一个男人冷飕飕地走了进来。

"先生女士们好。"

他没有脱下发绿的大衣便坐了下来，两只大手相互搓着，手指交叉在一起。

"您要点什么？"

他一惊，神色不安地说：

"嗯？来点加水的比尔酒。"

女侍者一动不动。她在镜子里的面孔仿佛在睡觉。其实她是睁着眼睛的，只是睁开一条缝。她一向如此，接待客人慢慢吞吞，客人点了酒菜后，她总要遐想片刻，大概从遐想中得到小小的乐趣吧。我猜她在想那瓶酒，即将从柜台上方取下的、带白底红字商标的瓶子，她在想她即将倒出的浓稠的黑汁，仿佛她本人也喝。

我将安妮的信塞回皮夹里，它给了我它所能给的。我无法追溯到那个曾经拿着它,折叠它,将它装进信封的女人。然而,用过去时来思念某人,这是不可能的。当我们相爱时,我们不让最短的瞬间、最轻的不快脱离我们而留在后面。声音、气味、日光的细微变化,还有我们相互并未道出的思想,这一切都被我们带走,这一切都是鲜活的。我们不停地、身临其境地为它们高兴,为它们痛苦。不是回忆,是强烈炽热的爱,没有阴影,没有时间距离,没有庇护所。三年的一切都在我们眼前。正因为这个我们才分手,因为我们承担不了这副重担。当安妮离开我时,突然一下子,我感到这三年都塌陷在过去时里了。我甚至没感到痛苦,只感到空虚。后来时间又开始流逝,空洞越来越大,再后来,在西贡,我决定返回法国,于是残留的一切——陌生面孔、地点、长河沿岸的码头——全部化为乌有,因此我的过去如今只是一个大洞,而我的现在就是靠着柜台遐想的黑衣女侍者和这个小个子男人。我对自己生活所知道的一切,似乎都是从书本上来的。贝拿雷斯城的宫殿、麻风病王的平台,带有曲折高梯的爪哇寺庙,它们曾反映在我眼中,但它们留在那边,留在原处。电车晚上从普兰塔尼亚旅馆门前驶过,车窗上并不带走霓虹灯招牌的影像，电车燃烧片刻，然后带着黑黑的车窗远去。

那个人一直看着我，令我生厌，他个子小小的，倒摆出一副派头。女侍者终究去照应他了。她抬起黑黑的长臂去取饮料，然后端来瓶和杯子。

"来了，先生。"

"阿希尔先生。"他彬彬有礼地说。

她倒饮料，没有回答。他突然灵巧地从鼻子旁边抽回手指，摊开两只手掌放在桌子上，头朝后仰，眼睛发亮，冷冷地说：

"可怜的姑娘。"

女侍者吓了一跳，我也吓了一跳。他的表情难以捉摸，可能是吃惊，仿佛这句话不是他说的。我们三个人都局促不安。

胖胖的女侍者最先恢复镇静。她缺乏想象力。她庄重地打量阿希尔先生，明白她只要动一只手就能把他从座位上提起来，扔到街上去。

"我为什么是可怜的姑娘？"

他迟疑着，瞧着她，不知所措，接着便笑了。他脸上堆满了皱纹，用手腕轻松地做了做手势：

"这把她惹恼了，'可怜的姑娘'，不过就这么说说罢了。没有什么意思。"

她转身回到柜台后面。她的确在生气，可他还在笑：

"哈哈！我不过随口说说。真生气了？她生气了。"他朝我这个方向说。

我转过头去。他拿起杯子，但不想喝，惊讶而胆怯地眯着眼睛，仿佛在回忆什么事。女侍者已经在收款处坐下了，拿起了针线活。一切重归于平静。但已不是原先的平静了。下雨了，雨点轻轻敲着毛玻璃窗。如果化装的孩子们还在街上，他们的硬纸面具会变成软塌塌的一团。

女侍者开了灯。现在还不到两点钟，但天空完全黑了，所以她看不清手中的活计。柔和的灯光。人们在家里大概也开了灯，看看书，在窗前瞧瞧天空。对他们来说……这是另一回事。他们是以另一种方式衰老的。他们生活在遗赠和礼品中间，每件家具都是纪念品。小钟、奖章、肖像、贝壳、镇纸、屏风、披巾。橱柜里堆满了瓶子、织物、旧衣服和报纸。他们什么都留着。保存往昔，这是有产者的奢侈。

我能在哪里保存我的往昔呢？不能将它揣在口袋里，必须有房子来安置它。我只拥有自己的身体。一个孤零零的人，只拥有自己的身体，他是无法截住回忆的，回忆从他身上穿越过去。我不该埋怨，我追求的不正是自由吗？

小个子男人坐立不安，叹了口气。他缩在大衣里，但有时挺直身体，露出傲慢的神气。他也没有往昔。要是仔细找一找，在他的表亲——如今互不来往——那里，大概能找出一张照片吧：在一个婚礼上，他戴着硬领，穿着硬胸衬衣，蓄着年轻人的粗硬髭须。至于我，大概连照片都没留下。

他仍然看着我，要和我说话了。我感到自己很僵硬。他与我彼此并无好感，但我们是同一类人，就是这样。他像我一样孤单，但比我更深地陷入孤独。他大概在等待他的恶心或者什么类似的东西。这么说，现在有人能认出我了，对我打量一番以后心里想："这是我们的人。"那又怎么样呢？他想干什么？他应该知道我们谁也管不了谁。有家的人都在家里，生活在纪念品中间，而我们在这里，两个没有记忆的落魄者。如果他突然站起来，如果他对我说话，我会跳起来的。

门咣当地开了。这是罗杰医生。

"大家好。"

他走了进来，神态孤僻而多疑，两条长腿在微微打战,勉强架住他的身体。星期日我在韦兹利兹餐馆常常看见他,但他不认识我。他的体格像儒安维尔的教官,胳膊和大腿一样粗,胸围一百一十公分,站立不便。

"冉娜,小冉娜。"

他小步走到衣架前,将那顶宽宽的软帽挂在衣钩上。女侍者已叠好活计,无精打采、不慌不忙地走过来,将医生从雨衣里拽出来。

"您要点什么,大夫?"

他严肃地端详她。他真有一个我称作的漂亮脑袋,一个被生活和激情磨损和耗竭的脑袋,但他了解了生活,控制了激情。

"我也不知道要点什么。"他用深沉的声音说。

他一屁股坐在我对面的长椅上,擦擦额头。只要不是站着,他就感到自在。他的眼睛又大又黑,十分威严,叫人害怕。

"要点……要点……要点……要点……陈年苹果烧酒吧,孩子。"

女侍者一动不动地端详这张堆满皱纹的大脸。她在遐想。小个子男人如释重负地抬头微笑。的确,这位巨人使我们得到了解脱。刚才有什么可怕的东西要攫住我们。现在我大大松了一口气，因为我们面对的是人。

"怎么，不给我拿苹果烧酒？"

女侍者惊醒过来便走开了，医生伸开两只粗胳膊抓住桌子两侧。阿希尔先生异常高兴，想引起医生的注意，便摇晃着腿在长椅上跳动，但是白费力气，他个子太小，弄不出响声来。

女侍者端来苹果烧酒，并且向医生仰仰头，示意他旁边有那位客人。罗杰医生慢慢旋转上身，因为他的脖子动不了。

"咦，是你，老坏蛋。"他叫道，"你还活着？"

他又对女侍者说：

"你们接待这种人？"

他瞧着小个子男人，目光凶狠。这是一种纠正谬误的坦率目光。他解释说：

"他是个老神经病，老神经病。"

他甚至懒得表明这是开玩笑。他知道老神经病不会生气，而会微笑。果然如此，小个子谦卑地微笑了。老神经病，他这下轻松了，感到自己能抵御自己。今天不会发生任何事。最奇怪的是，我也松了一口气。老神经病，说得不错，仅此而已。

医生笑了，向我投来一个邀请与会意的目光，大概是由于我的身材吧——再加上我身上那件干净衬衣。他想邀我加入他的玩笑。

我没有笑，没有回答他的主动表示，于是，他一面笑，一面用瞳孔的可怕火光在我身上试探。我们默默地对视了几秒钟，他像近视眼一样上下打量我，将我归类。归入神经病还是流氓？

终于是他先转过头去。在一个没有社会地位的孤独者面前稍稍退缩，这是不值一提的小事，立刻就被忘在脑后。他拿起一支烟，点燃，然后像老头一样一动不动，眼光无情而凝滞。

漂亮的皱纹，各式各样的；有贯穿前额的横纹、鱼尾纹、嘴巴两侧苦涩的褶纹，还有吊在下颌下面的、绳索般的横肉。这个人可真走运。远远一看见他，你就想他一定受过痛苦，他一定生活过。他配得上这张面孔，因为他毫无差错地留住和利用了往昔。他直截了当地将往昔制成标本，并且在女人和年轻人身上试用。

阿希尔先生很快活，大概很久以来没有这么快活了。他赞赏地张着嘴，鼓起脸腮小口小口地喝酒汁。好吧！医生镇住了他。医生没有被这个即将发作的老神经病给吓倒。几句粗话刺刺他，结结实实敲他一下，事情就成了。医生是有经验的，他是职业经验论者。医生、神甫、法官、官员，他们了解人，仿佛人是由他们造的。

我为阿希尔先生感到羞耻。我们是一条船上的人，应该团结一致反对他们。而他却抛弃了我，投到他们那边去了。他真心地相信经验，不是他的经验，也不是我的经验，而是罗杰医生的经验。刚才阿希尔先生感到自己古怪，似乎孑然一身，而现在他知道像他这样的人还有，而且不少，因为罗杰医生见过他们，罗杰医生可以对阿希尔先生讲述他们每个人的故事以及故事的结尾。阿希尔先生只不过是一个案例，可以轻而易举地被纳入某些一般概念之中。

我真想对他说他受骗了，被那些重要人物利用了。职业经验论者？他们在半醒半睡的麻木状态中熬日子，由于急躁而仓促结婚，又莫名其妙地生了孩子。他们在咖啡馆、婚礼和葬礼上与别人相遇。有时他们被卷入旋涡，奋力挣扎，但不明白发生了什么事。他们周围发生的一切，其开始与结束都在他们的视野以外。长长的模糊形状、事件，从远方来，迅速擦过他们身边，等他们想观看时，一切已经结束。然而，他们快到四十岁时，却把本人可怜的固执习性和几句格言称为经验，于是他们就成了自动售货机：你往左边那个缝里扔两个苏，出来的就是银纸包装的小故事，你往右边那个缝里扔两个苏，出来的就是像融化的焦糖一样粘牙的宝贵忠告。照此办理，连我也会受到人们的邀请，他们会相互散播说我是空前绝后的大旅行家。是的，穆斯林蹲着撒尿，印度产婆用在牛粪中研碎的玻璃代替麦角碱，婆罗洲的姑娘来月经时便上屋顶待三天三夜。我在威尼斯见过小游船上的送葬仪式，在塞维利亚见过受难周的庆典，在上阿默高也见过受难主日。当然，这一切只是我的见识的极小部分。我可以仰靠在椅子上，乐呵呵地开讲：

"您知道吉赫拉瓦吗，亲爱的夫人？那是摩拉维亚的一座奇特的小城，一九二四年我在那里待过……"

法庭庭长见识过许多案件，听完我的故事后会说：

"多么真实，亲爱的先生，多么有人情味。我刚工作时也见过类似的案件。那是一九〇二年，我在利摩日当代理推事……"

但是，我年轻时就讨厌这些事。我不是出自职业经验论者的家庭，不过业余经验论者也是有的：秘书、职员、商人、在咖啡馆听别人讲述的人。将近四十岁时，他们感到全身被经验塞得满满的，无法排泄，幸好他们有孩子，便强迫孩子就地将经验消化掉。他们想让我们相信他们的往昔并未丧失，他们的回忆浓缩了，柔顺地变成了智慧。驯服的往昔！可藏在衣袋里的往昔——充满漂亮格言的金色小书。"请相信我，我这是经验之谈，我知道一切都来自生活。"难道生活也替代他们去思想吗？他们用旧的来解释新的，用更旧的来解释旧的，就像那些历史学家说列宁是俄国的罗伯斯庇尔，说罗伯斯庇尔是法国的克伦威尔一样，实际上，他们从来什么也不懂……在他们的傲慢后面，可以隐隐看出一种郁闷和懒惰。他们看着一些现象从面前驰过，却连连打呵欠，认为普天之下没有什么新鲜事。"一个老神经病"，于是罗杰医生便泛泛想到另一些老神经病，但却记不起任何一位了。现在，阿希尔先生不论做什么，都不会令我们吃惊，因为他是个老神经病！

他不是老神经病，他是害怕。怕什么呢？当你想理解一个事物时，你站到它面前，孤立无援。世界的全部过去都将毫无用处。后来事物消失，你的理解也随它消失。

人们喜欢笼统的概念,再说,职业家,甚至业余爱好者最后总是有理的。他们的智慧劝诫你尽量不出声,尽量少生活,让你自己被人遗忘。他们讲得最好的故事就是冒失鬼和怪人如何受到惩罚。对,事情就是这样,谁也不会说相反的话。阿希尔先生也许良心不安,也许在想如果当初听了父亲和姐姐的话,就不至于到今天这个地步。医生有发言权。他没有错过自己的生活,他使自己成为有益的人。他平静而威严地矗立在这个穷途潦倒者的上方,像一块岩石。

罗杰医生喝了他的苹果烧酒。他那高大的身躯下沉,眼皮也重重地下垂。我第一次看见他那没有眼睛的面孔,真像一个硬纸面具,就是今天商店里卖的那种。他的两颊有一种可怕的粉红色……突然间,真理向我显现:这个人很快就要死了。他肯定知道这一点,只要照照镜子就知道了。他一天比一天更像他将成为的尸体。这便是他们的经验,这便是为什么我常想他们的经验散发一股死亡的气息,这是他们的最后一道防线。罗杰医生相信经验,他想掩饰无法容忍的现实:他是孤独的,一无所获,没有过去,智力日渐衰退,身体日渐蜕化。于是他努力制造、安排、铺垫一个小小的谵想作为补偿：对自己说他在进步。他的思维有空洞吗，脑子里有时出现空白吗？那是因为他的判断力已不如青年时代敏捷。他看不懂书里的话吗？那是因为他现在远离书籍。他再不能做爱了吗？可是他曾经做过爱。而做过爱比仍在做爱要强得多，因为有了时间距离，我们就可以进行判断、比较和思考。这张可怕的死尸面孔无法忍受镜中的影像，于是便极力相信自己被刻上了经验的智慧。

医生稍稍转过头来，半睁开眼皮，用微红的、发困的眼睛看着我。我对他微笑。我想用这个微笑来揭示他试图掩饰的一切。如果他想："这人知道我快死了！"那么他就会醒过来。但是他的眼皮又垂下，他睡着了。我走开了，让阿希尔先生守护着他的睡眠。

雨停了，空气温和，美丽的黑色形象在天空里缓缓滚动，对完美时刻来说，这是再好不过的环境了。安妮会使我们心中产生暗暗的、小小的潮汐，以配合这些形象。但是我不会利用时机。在这片未加利用的天空下，我茫然走着，平静而空虚。

星期三

不应该害怕。

星期四

写了四页纸。然后是一个长长的幸福时刻。不要对历史的价值思考过多,那样会感到厌烦的。不要忘记罗尔邦先生目前是我生存的唯一理由。

再过一星期,我将去看安妮。

星期五

棱堡大街上浓雾弥漫,我只好小心翼翼地沿着兵营的墙根走。在我右边,汽车车灯将湿漉漉的灯光抛向前面。我根本看不清人行道的边沿。我周围有人,我听见他们的脚步声,偶尔还听见说话的嗡嗡声,但我看不见人。有一次,一张女人面孔出现在我肩头,但立即被浓雾吞没。另一次,有一个人喘着大气掠过我。我不知道我去哪里,一心只想谨慎前行,用脚尖探地,甚至向前伸出双臂。对这种练习我毫无兴趣,但我不想回家,我已经上了钩。半小时后,我总算远远望见一团发蓝的烟雾。我朝它走去,很快就来到一片明亮地的边沿,我认出中央那个灯光穿透浓雾的地方就是马布利咖啡馆。

马布利咖啡馆里有十二盏灯,只有两盏灯亮着,一盏是在付款台的上方，一盏是在天花板上。唯一的侍者一把把我推到一个暗角里。

"别坐这儿，先生，我在打扫。"

他穿着上装和白底紫条纹衬衫，没穿坎肩，没戴假领。他打着呵欠，不高兴地瞧着我，一面用手指拢头发。

"黑咖啡和羊角面包。"

他没有回答，揉揉眼睛走开了。我眼前都是阴影，可恶的、冷冰冰的阴影。暖气肯定没有开。

我不是独自一人。我对面坐着一个脸色蜡黄的女人，她的手一直在动，时而摸摸衬衣，时而整整黑帽。和她在一起的是一位高个子的金发男人，他在埋头吃奶油面包。寂静使我感到压抑，我想点烟斗，但是划火柴的声音会引起他们注意，我不愿意这样。

电话铃声。她的手停住了，贴在衬衣上。侍者不慌不忙、慢条斯理地扫完地后才去摘下话筒。"喂！乔治先生吗？您好，乔治先生……是的，乔治先生……老板不在……是的，他应该下来了……啊，这种大雾天……他通常在八点钟下楼……是的，乔治先生，我会告诉他的。再见，乔治先生。"

浓雾像灰色的厚绒窗帘一样压在玻璃窗上。有一张脸贴在玻璃窗上，不一刻又消失了。

女人埋怨地说：

"你给我系鞋带。"

"鞋带没有散。"男人头也不抬地说。女人激动起来，两只手像大蜘蛛一样上下摸着衬衣和颈部。

"散了，散了，你给我系鞋带。"

他厌烦地弯下腰，轻轻碰碰她在桌子下面的脚。

"系好了。"

她满意地微笑。男人唤来侍者：

"多少钱？"

"几个奶油面包？"侍者问。

我低下眼睛，不愿显出盯住他们的神气。几分钟后，我听见嘎吱声，看到出现了裙子的边角和两只沾着干泥的高帮皮鞋，接着是男人的尖头漆皮鞋，它们朝我走来，停住，向后转。他正在穿大衣。这时，一只手臂直挺挺地垂着，那只手沿着裙子往下伸，犹豫片刻后，在裙子上抓抓搔搔。

"准备好了吗？"男人问。

那只手张开了，摸到右鞋上一大块成星状的泥，接着手便消失了。

"总算好了。"男人说。

他提起衣架旁边的皮箱。他们走了出去,我看着他们没入浓雾中。

"他们是艺术家,"侍者端来咖啡时说,"在电影《大饭店》里演幕间节目的,就是他们。他们今天走,今天是星期五,要更换节目。"

他走到艺术家刚离开的桌子旁边去取那盘羊角面包。

"用不着了。"我说。

我根本不想吃这些面包。

"我得关灯了。早上九点钟了,还为一位客人开两盏灯,老板会说我的。"

昏暗笼罩了店堂。从高高的玻璃窗透进紫棕色的微光。

"我想见法斯盖尔先生。"

我没有看见这位老妇人进来。一股寒气使我打了个寒战。

"法斯盖尔先生还没有下来。"

"是弗洛朗夫人叫我来的,"她又说,"她不太好,今天来不了。"

弗洛朗夫人就是那位一头棕发的收款员。

"这种天气对她的肠胃不好。"老妇人说。

侍者摆出煞有介事的神气说：

"这是由于大雾，和法斯盖尔先生一样。真奇怪，他还没有下来。有人来电话找他。往常他总是八点钟下楼的。"

老妇人机械地瞧瞧天花板：

"他在上面？"

"是的，在他的卧室里。"

老妇人有气无力地，仿佛在自言自语：

"也许死了……"

"什么！"侍者脸上露出强烈的愤慨，"什么话！真多谢您了。"

也许死了……这个想法也掠过我。这种雾天里难免有这种想法。

老妇人走了。我也该效仿她，这里又黑又冷。雾气从门底下钻进来，它将慢慢上升，淹没一切。我本可以去市立图书馆的，那里既明亮又暖和。

一张面孔再次紧贴在玻璃窗上，还扮着鬼脸。"你等着瞧。"

侍者气急败坏地跑到外面去了。

面孔消失了，我独自一人。我狠狠地埋怨自己不该出门。浓雾多半已经侵入了我的房间，我害怕回去。

在收款台后面的阴暗处,什么东西咯啦响了一下。声音来自私人楼梯,老板终于下楼了?不,没有人出现,楼梯是自动地咯啦响。法斯盖尔先生还在睡,要不他就是在我头上死了。一个雾天的清晨,他被人发现死在床上。小标题:在一家咖啡馆里,顾客们吃喝着,哪知……

但是他仍然在床上吗?他没有拽着被单翻倒在床下,脑袋碰着地板?

我很熟悉法斯盖尔先生,他有时向我询问我的健康状况。他是一个蓄着整整齐齐的大胡子的、快活的胖子。如果他死了,准是由于中风,他的脸会呈酱紫色,舌头伸在外面,胡子翘起,卷曲起伏的须毛下,脖子呈紫色。

私人楼梯隐没在黑暗中。我勉强能看见栏杆顶头的球形装饰。必须穿过这层黑暗。楼梯会响。在楼上我能找到房间的门……

尸体在那里,在我头上。我会扭动开关,摸摸那温暖的皮肤,瞧一瞧。我坐不住了,站起身来。如果侍者突然发现我上楼梯,我就告诉他我听见了声音。

侍者突然回来了,气喘吁吁。

"来了,先生!"他叫道。

傻瓜!他朝我走来。

"两法郎。"

"我听见上面有声音。"我说。

"也该有声音了。"

"是的,但我看情况不妙,好像有人在喘气,还有一个低沉的声音。"

厅堂阴暗,窗外是雾,在这种氛围下,这些话显得十分自然。侍者露出古怪的眼神,我永远难忘。

"你该上去看看。"我狡诈地说。

"啊,不!"他说,"我怕他骂我。现在几点钟了?"

"十点钟。"

"他要是到了十点半钟还不下来,我就上去。"

我朝门口走了一步。

"您走了?不再待一会儿?"

"不了。"

"真是有喘气声?"

"我不知道,"我一边往外走一边说,"也许是我的想象吧。"

雾气稍稍散开。我急急忙忙去绕绳街,因为我需要亮光，但我大失所望。的确，绕绳街上有亮光，商店橱窗里有亮光，但不是欢快的，而是蒙着雾气的白生生的亮光，像淋浴水一样落到你肩上。

这里有许多人，主要是女人：女仆、做零工的女佣、老板娘，总之那些认为"我亲自采购比较可靠"的女人。她们在商店橱窗前闻一闻，最后才走了进去。

我在于连熟肉店门口停了下来。玻璃窗内有只手指点着块菰猪脚和小香肠，接着出现了一位胖胖的金发姑娘，她向前弯下身子露出了胸部，用手指拿起了那块死肉。在离这里五分钟路的地方，法斯盖尔先生死了。

我在四周寻找可靠的支持，以抵御我自己的思想，但没有找到。雾逐渐破碎，然而街上仍然有某种令人不安的东西，也许它不是真正的威胁，因为它是隐蔽的、透明的。不过也许正是这一点使我害怕。我的前额靠在橱窗上，注意到俄式蛋黄调味汁上有一个暗红点，那是血。黄色上的这个红点使我想呕吐。

突然我看到幻象：一个人朝前摔倒了，血流进菜里。鸡蛋滚落在血中，上面的西红柿圆片平平地落下，红色落在红色上。调味汁有点变稀，成为一摊黄黄的奶油，将血分为两个支流。

"这太蠢了，我得动一动，还是去图书馆工作吧。"

工作？我很清楚我一个字也写不出来。又虚度了一天。我穿过公园时，看见有个人坐在我常坐的长椅上，他披着蓝色长斗篷，纹丝不动。他可真不怕冷。

我走进阅览室时，自学者正要出来。他朝我扑过来：

"我得谢谢您，先生，您的照片使我度过了难忘的时光。"

一见到他，我产生了片刻的希望。两个人在一起也许更容易度过这一天。然而，和自学者在一起，所谓两个人只是徒具形式而已。

他在一个四开本的书上拍了一下，那是《宗教史》。

"先生，努萨皮埃能写出如此广博的综论，谁也比不上他，对吧？"

他看上去很疲乏，两手发抖。

"您气色不好。"我对他说。

"啊,先生,是的,因为我遇见了一件倒霉事。"

图书馆的管理员朝我们走来,这是一个肝火旺的小个子科西嘉人,蓄着军乐队队长那种大髭须。他在桌子中间一连走上几个小时,鞋跟橐橐地响。冬天,他捂着手绢吐痰,然后将手绢放在炉边烤干。

自学者走近我,凑到我脸边低声说:

"在这个人面前我不讲,"接着用知心的语气说,"如果您愿意,先生?……"

"什么事?"

他脸红了,腰部优美地晃动了一下:

"先生,啊,先生。我斗胆问您。您肯赏脸在星期三和我一起吃午饭吗?"

"很乐意。"

我乐意和他一起吃午饭,就像我乐意自缢上吊一样。

"您真给我面子,"他说,又急忙加了一句,"如果您同意,我去您家找您。"然后他就消失了,大概是怕我反悔。

那时是十一点半,我一直工作到两点差一刻,效果很差。我眼睛看着书,心里却不停地想着马布利咖啡馆。法斯盖尔先生现在下楼了吗？其实我并不太相信他会死，正是这一点使我不快，因为我这个念头飘浮不定，我既无法信服，也无法摆脱。科西嘉人的皮鞋在地板上橐橐响。有好几次，他来到我面前，仿佛要和我说话，但改变主意又走开了。

将近一点钟时，最后一批读者走了。我不饿，主要是不想走。我接着工作了一会儿，突然惊跳起来，因为我感到自己被掩埋在寂静里。

我抬起头，阅览室里只剩下我一个人。科西嘉人多半下楼去他妻子那里了，她是图书馆的看门人。我想听见他的脚步声，但听见的只是炉子里的煤炭在轻轻地跌落。雾气侵入了阅览室，不是真正的雾，因为它早已散去，而是另一种雾，充斥街道的、从墙和地砖中散出的雾气。物体显得缥缈。当然，书籍仍然在这里，按字母顺序排列在书架上，书脊或呈黑色或呈棕色，上面有标记 UP lf 7996（公众用书——法国文学）或者 UPsn（公众用书——自然科学），可是……怎么说呢？在平时，这些强大而矮壮的书籍，加上火炉、绿灯、大窗和梯子，就抵挡了未来。只要你待在这四堵墙里，将发生的事只能在火炉的左面或右面发生。即使圣德尼①本人捧着自己的头进来,他也必须从右边进来,行走在法国文学书籍和女读者的桌子中间。如果他脚不着地,在离地二十公分的地方飘浮,那么,他那血淋淋的脖子正好和书架第三层一样高。因此,这些物体至少可以用来确定可能性的界限。

然而今天,它们不再确定任何东西了,它们的存在本身似乎都成了问题,它们艰难地从这一刻挨到那一刻。我两手紧紧握住我看的书,但是最强烈的感觉已经迟钝了。一切看上去都不是真的。我好像置身于纸板布景中,布景随时可能被拆掉。世界在等待,它屏住呼吸,缩得小小的——它在等待它自己的危机,它的恶心,就像阿希尔先生那天一样。

我站起来,我再也不能在这些衰弱的物体中间待下去了。我走到窗前,看了一眼安佩特拉兹的头。我低声说:一切都可能出现,一切都可能发生。当然不会是人们臆想的那种恐怖,安佩特拉兹不会在底座上跳起舞来。而是另外的东西。

我惊恐地看着这些不稳定的存在物,它们再过一

---

① 圣德尼,三世纪巴黎第一位主教,后殉教而死。民间传说他捧着头从坟墓中出来。

小时，再过一分钟就可能崩溃。对，是这样。我在这里，我生活在这些载满知识的书籍之中，一些书描述了动物种类永不变更的形状，另一些书解释了宇宙的能量不灭。我在这里，站在窗前，窗玻璃有一定的折射率。但这是多么软弱无力的屏障呀！世界大概是出于懒惰才一成不变。可今天它似乎想变了。于是一切，一切都可能发生。

我没有时间可以浪费。我的不适起因于马布利咖啡馆的那件事。我必须再去一趟，必须看见法斯盖尔先生活着，甚至摸摸他的胡子和手。那样一来，我也许就得到了解脱。

我匆匆取下外套，顾不得穿，往肩上一披就逃走了。穿过公园时，我又见到那个穿斗篷的人，他仍然坐在原处；他那张大脸呈灰白色，耳朵冻得通红。

马布利咖啡馆在远处闪亮。这一次，那十二盏电灯大概都开了。我加快脚步，得尽快结束。我先从大玻璃窗往里瞧，厅里没有人。收款员不在那里，侍者也不在——法斯盖尔先生也不在。

我鼓起勇气走了进去。我没有坐下，喊道："侍者！"没人答应。一张桌子上有一只空杯子，碟子里还有一块糖。

"没有人吗?"

衣钩上挂着一件大衣。在独脚小圆桌上有几个黑纸夹,里面夹着一沓沓的画报。我屏住呼吸,捕捉最轻微的声音。私人楼梯在轻轻响动。外面响起了汽笛声。我紧盯着楼梯,倒退着出来。

我知道,下午两点钟时顾客稀少。法斯盖尔先生患了感冒,准是打发侍者出去办事了——也许是请医生。对,只不过我需要看见法斯盖尔先生。我走到绕绳街街口时,转过身来,厌恶地端详那灯光灿烂却荒寂无人的咖啡馆。二楼的百叶窗是关着的。

一种名副其实的恐慌攫住了我。我不知道自己正去什么地方。我沿着码头跑,拐进博伏瓦齐区荒凉的街道。房屋用无神的目光看着我逃跑。我焦急地一再自问:去哪里?去哪里?一切都可能发生。有时我的心怦怦跳,我猛然转身,我背后出了什么事?也许它在我背后开始,而我突然向后转身时,已经太晚了。只要我能盯住物体,就不会发生任何事。我尽可能地盯住地砖、房屋、路灯,我的视线迅速地从这些物体转到那些物体,以便出其不意地打断它们的变化。它们的模样不太自然,但是我拼命对自己说,这是一盏路灯,这是一个界石形状的小喷泉,而且我试图用强烈的目光使它们显出日常的面貌。我在路上遇见好几个酒吧，其中有布列塔尼人咖啡馆和海员酒吧。我站住，看着它们粉红色的罗纱窗帘，犹豫不决，这些封闭式的小酒店也许被幸免，也许还保留着昨日世界的一部分，孤立的、被遗忘的部分。但是我必须推门进去。我不敢，便走开了。我特别害怕房屋的门，怕它们自动打开。最后，我在街心走。

我忽然来到诺尔船坞码头。几只渔船和小游艇。我的脚踏在嵌在石头里的圆环上。我在这里，远离房屋，远离门，我将得到片刻的休息。在有小黑点的、静静的水面上，漂着一个瓶塞。

"那么水下呢？你没有想到水下会有什么吗？"

一个虫子？一个半陷在泥里的大甲壳虫？它那十二对脚爪在泥里慢慢地挖。它有时稍稍抬起身子。在水底。我走近观看，等待一个旋涡，一个轻微的波动。瓶塞静止不动地待在黑点中间。

这时我听见人声。正是时候。我转过身继续走路。

在卡斯蒂格利奥讷街，我赶上了两个正在说话的男人。他们听见我的脚步声大吃一惊，一同转过身来，不安地看看我，然后看看我的身后，唯恐还有别的东西。那么，他们和我一样，也在害怕？我超过他们时，我们相互对视，差一点就搭上话了。但是，他们的目光中突然露出了怀疑。在这样的天气里，不能随便和人说话。

我气喘吁吁地又回到布利贝街。是的，命中注定，我得再去图书馆，试着拿起一本小说看看。我沿着公园的铁栅走，远远看见那个披斗篷的人。他一直在那里，在荒凉的公园里。他的鼻子现在和耳朵一样红。

我正要推开铁栅门，便被他的面部表情吓呆了。他眯着眼睛，似乎在傻笑，一副痴呆和虚情假意的神气。而与此同时，他直直地盯着前方我看不见的某个东西，眼神冷酷而强烈，以致我突然回过身去。

在他正对面，有一个十几岁的小姑娘。她抬起一只脚，半张着嘴，尖尖的脸往前探；她一面神经质地扯头巾，一面呆呆地看着他。

男人在对自己微笑，仿佛即将开一个大大的玩笑。他突然站起来，两手伸进一直垂到脚边的斗篷的口袋里。他走了两步，直翻白眼。我想他要跌倒了，但他仍然在痴痴地笑。

我突然明白了，那件斗篷！我本可以阻止这件事，只要咳两声或推开铁门就行了。但是小姑娘的表情使我呆住了。她满脸恐惧，心肯定在猛烈地跳动，但是在这张老鼠脸上，我也看到一种强烈和邪恶的东西。不是好奇，而是一种有把握的等待。我感到无能为力。我是在外面，在公园的边沿，在他们小小的悲剧的边沿，而他们呢，他们被暗暗的强烈欲望铆合在一起，形成了一对。我屏住呼吸，想看看当我身后的这个男人敞开斗篷时，那张显老的尖脸上会有什么表情。

突然间，小姑娘得到了解脱，摇着头跑开了。穿斗篷的人看见了我便站住了，在小径中央一动不动地站了一秒钟，然后便缩着脖子走了，斗篷边碰着他的小腿。

我推开铁门，一下子跳到他跟前。

"这是怎么回事！"我喊道。

他战栗起来。

"城市受到严重的威胁。"我从他身边走过时，有礼貌地说。

我走进阅览室，从桌上拿起《巴马修道院》，想聚精会神地读，在司汤达的明媚的意大利寻找庇护。

但我只有短暂的、断断续续的幻觉,不时地跌入充满威胁的现实。在我对面,一个小老头在清嗓子,一位年轻人正仰坐在椅子上遐想。

时间在流逝,玻璃窗完全黑了。科西嘉人正在办公桌上给新进的图书打钢印,不算他,我们是四个人:那个小老头、金发青年、一位正在读学士学位的年轻女人,还有我。有时候,我们之中的一位抬起头,迅速地、疑虑地向另外三个人看一眼,仿佛害怕他们。有一刻小老头笑了起来,年轻女人便全身发抖。我从反面认出了他看的书,这是一本轻松小说。

七点差十分。我突然想到图书馆七点钟关门。我又将再次被赶到街上。上哪里去呢?干什么呢?

老头看完了小说,但是不走,用指头敲着桌子,一下一下,干脆而均匀。

"先生们,"科西嘉人说,"马上就闭馆了。"

青年一惊,飞快地瞟了我一眼。年轻女人转身看着科西嘉人,接着又拿起书,似乎沉入阅读之中。

"闭馆了。"五分钟后科西嘉人又说。

老头迟疑地点点头。年轻女人推开书,但不站起来。

科西嘉人很吃惊,犹豫不决地走了几步,捺下了开关。阅览桌上的台灯熄灭了,只有室中央的那盏灯还亮着。

"该走了?"老头轻声问道。

青年恋恋不舍地慢慢站起来。每个人穿大衣时都慢慢吞吞。当我走出去时,那女人仍然坐着,一只手平放在书上。

下面,大门开向黑夜。青年走在最前面,他回头看看,慢步下楼,穿过门厅,在门口停留片刻,然后投入黑暗中,消失了。

我下了楼梯,抬起头。过了一会儿,小老头一边扣大衣纽扣,一边走出阅览室。当他走下三级阶梯时,我闭上眼睛,冲到外面。

我脸上感到一阵微弱清新的抚摸。远处有人在吹口哨。我抬起眼皮,在下雨。轻柔安静的雨。四盏路灯宁静地照着广场,雨中的外省广场。青年大步走远了,是他在吹口哨。我真想对那两个不知道的人大喊,告诉他们可以大胆地出来,威胁已经过去了。

小老头出现在门口,局促地搔搔嘴腮,然后大度地微微笑着,撑开了雨伞。

星期六上午

可爱的阳光。薄雾预示今天是个大晴天。我去马布利咖啡馆吃早饭。

收款员弗洛朗夫人对我嫣然一笑。我从座位上大声问道：

"法斯盖尔先生病了？"

"是的，先生，重感冒，得在床上躺几天。他女儿今天从敦刻尔克来了，住在这里照顾他。"

自从收到安妮的信后，我这是头一次真正高兴能再见到她。六年以来她干了些什么？我们见面时会感到局促吗？安妮从不局促。她接待我时仿佛我们昨天才分别。但愿我别一上来就犯傻，别使她不快。好好记住，见面时别伸出手去，她最讨厌握手。

我们在一起待几天呢？也许我带她来布维尔？只要她在这里生活几小时，在普兰塔尼亚旅馆过一夜就够了。然后，一切将改变，我不会再害怕了。

下午

去年我头一次参观布维尔博物馆时，奥利维埃·布莱维涅的肖像令我吃惊。是比例失调还是透视法有问题？我也说不上来，但是我感到别扭。这位议员在画布上并不自在。

后来我又去过好几次，仍然感到别扭。我不愿意相信博尔迪兰——罗马奖得主，六次获奖者——会有败笔。

今天下午，我翻阅《布维尔讽刺报》的老合订本，——这是一份进行敲诈的报纸，老板在战争期间被控有叛国罪——隐隐约约明白了真相，我立即走出图书馆，去博物馆转转。

我快步穿过幽暗的门厅。我的脚步在黑白两色的石砖上没有任何声音。在我周围是一大群扭着手臂的石膏像。我从两个大入口处门前经过时，看见里面有碎纹瓷瓶、盘子、立在底座上的一个蓝色和黄色的森林之神的像。这是贝尔纳·帕利西①陈列室，专门陈列陶瓷制品和小工艺品。我不喜欢陶瓷制品。一位先生和一位戴孝的女士正毕恭毕敬地欣赏那些烧制品。

在大厅——或称博尔迪兰-雷诺达厅——入口的上方，有一幅大画，大概是前不久挂上去的，我没有见过。它叫《独身者之死》，署名理查·塞弗朗。这是国家赠品。

---

① 贝尔纳·帕利西（1510—1589），法国画家，陶瓷玻璃工艺家，农学家，古生物学家和作家。

独身者躺在一张零乱的床上,上身赤裸着,像死人一样微微发绿。紊乱不堪的褥单表明临终阶段为时很长。我微笑着想起了法斯盖尔先生。他可不是孤独一人,他的女儿在照料他。在画幅上,一个女仆——满脸邪恶的女管家——已经打开了柜子的抽屉,在那里数钱。从另一扇开着的门,可以看到在阴暗中有一个头戴鸭舌帽的男人,他下唇叼着烟,正在等待。靠墙边,一只猫在漠然地舔牛奶吃。

这个人一生都为了自己。他受到了应得的、严厉的惩罚,临终时,没有任何人来帮他合上眼睛。这幅画给了我最后的警告:我还来得及往回走。而如果我继续往前,那就必须清楚这一点:在我即将走进的大厅里,墙上挂着一百五十多幅肖像。除了几位过早夭折的年轻人和一位孤儿院院长以外,画上的人物去世时都不是独身,都有儿女在场,都立有遗嘱,都接受临终圣事。这一天像别的日子一样,无论是对上帝还是对尘世,他们都合乎礼仪;他们慢慢地滑入死亡,去索取他们有权享受的那一份永恒。

他们曾有权享受一切:生活、工作、财富、权力、尊敬,最后是不朽。

我冥想片刻,便走了进去。一位看守在窗边打吨。从玻璃窗泻下的淡黄色光线在画面上留下了斑点。在这个长方形的大展厅里,除了一只见我来就吓跑了的猫以外,没有任何有生命的东西,但我却感到有一百五十双眼睛在注视我。

布维尔城在一八七五至一九一〇年间的全部精英都在这里,其中有男有女。这是雷诺达和博尔迪兰精心绘制的。

这些男人们修建了海滨圣塞西尔教堂。一八八二年他们成立了布维尔船主和商人联合会,"以便将一切善良的人们组成有力的束棒①,重振国家,挫败无秩序党派……"。他们使布维尔成为设备最好的法国商港——煤炭和木材。扩建码头是他们的功绩。他们充分扩大了泊船站,并且不懈地挖泥,使低潮时的抛锚水深达 10.7 米。由于有了他们,渔船的吨位从一八六九年的五千吨上升到一万八千吨。他们不惜为培养劳动阶级中的优秀代表而主动创办各种技术和职业教育中心,这些中心在他们的大力扶持下十分兴旺。一八九八年,他们瓦解了著名的码头工人罢工,一九

---

① 束棒,古罗马执法官的权力标志,束棒中捆有一柄突出的斧头,意大利法西斯(fascio)借用了这个字。

一四年，他们为祖国献出了儿子。

女人们——这些斗士可尊敬的伴侣——创建了大部分教养院、托儿所和缝纫工厂，但她们首先是贤妻良母。她们抚育了漂亮的儿女，教他们懂得自己的责任和权利、信仰宗教和尊重法兰西赖以生存的传统。

肖像画的总体颜色近乎深棕色。由于考虑到庄重，画家们排除了鲜艳的颜色。雷诺达喜欢画老头，在他的画中，雪白的须发与黑色背景形成反差，他擅长画手。博尔迪兰的画技不如雷诺达丰富，他对手有所忽略，但是他画中的硬领像白色大理石一样闪光。

室内很热，看守在轻轻打鼾。我环视四周的墙壁，看见了手和眼睛；这里或那里，有一张面孔被光影吞食了。我朝奥利维埃·布莱维涅走去时，被什么东西拦住了，因为从墙壁的葱形饰上，商人帕科姆朝我投来明亮的目光。

他站在那里，头稍稍后仰，一只手臂贴着珠灰色长裤，手里拿着高礼帽和手套。我不禁有几分赞叹，因为在他身上我看不到一丝庸俗，简直无懈可击；细小的脚，纤细的手，角斗士的宽肩，含蓄的高雅，再加上几分花哨。他礼貌地向参观者显露那明晰、整洁、没有皱纹的面孔，唇上甚至漾着几分笑意，但他那双灰色的眼睛没有笑。他可能有五十岁了,但像三十岁的人那样年轻、精神。他很美。

我不对他吹毛求疵,但他却不放过我。我在他眼中看到一种平静而不留情的评价。

于是我明白我们之间相距遥远。我对他的看法根本不能触及他,这只是心理学,和小说中一样。但是,他对我的评价却像一把利剑刺穿了我,使我的生存权也成了问题。这是真的,我始终意识到自己没有权利生存。我的出现纯属偶然,我像石头、植物、细菌一样存在。我的生命胡乱地向四面八方生长。有时它给我一些模糊的信号,有时我仅仅感到一种无足轻重的嗡嗡声。

然而,对于冉·帕科姆这位死去的、毫无瑕疵的美男子——他是国防部的帕科姆的儿子——来说,情况却完全不同。他的心跳,他的器官发出的沉闷的声音,都像小小的权利,瞬间的、纯净的权利。在六十年间,他始终一贯地使用生存权。多么美丽的灰色眼睛!它们从未闪过一丝怀疑。帕科姆从未弄错。

他一贯履行责任,全部责任,作为儿子、丈夫、父亲、领袖的责任。他也理直气壮地要求他的权利:作为孩子,要求受良好教育,要求家庭和睦,继承清白的名声和兴旺的家业；作为丈夫，要求受到照料和爱的关怀；作为父亲，要求受到尊敬；作为领袖，要求得到任劳任怨的服从。其实，权利始终只是责任的另一面。他的巨大成就（帕科姆一家今天是布维尔最富有的家族）大概从未使他本人吃惊。他从不对自己说他很高兴，而当他高兴时，他便很有节制地说："我在消除疲劳。"这样一来，高兴转换为权利，便不再是刺激性的无聊事了。在左面，在他那发蓝的灰白头发上方，书架上有书。漂亮的精装本，显然是经典著作。每晚睡觉以前，帕科姆大概重读几页"我的老蒙田"或者拉丁文版的几首贺拉斯的颂歌。有时他大概也读一本当代作品以了解世事。因此他读巴雷斯和布尔热。阅读片刻以后，他微笑着放下书，目光失去了值得赞赏的警惕性，几乎充满遐想。他说："尽责任是多么简单，又是多么困难呀。"

他从来没有反躬自问，因为他是领袖。

墙上挂的还有其他领袖。甚至只有领袖。这个坐在安乐椅上的、灰绿色的大个子老头，是领袖。他的白坎肩与银发十分相配。（这些肖像主要是为了道德感化而绘制的，其精确性真的达到一丝不苟，艺术性也有所考虑。）他将细长的手搭在一个小男孩头上。

他的两膝裹着毯子，上面放着一本打开的书，但他的目光游移在远方。他看见年轻人看不见的一切。在肖像下面的一块菱形金色木牌上写着他的姓名，他大概姓帕科姆，或者帕罗坦，或者谢尼奥，我无意走近去看。对他的亲朋好友，对这个孩子，对他自己而言，他仅仅是祖父。等一会儿，如果他认为时机成熟，应该用未来的诸多责任来开导孩子的话，他将用第三人称来谈论自己：

"答应祖父你要好好听话，小乖乖。明年要好好学习，明年祖父就可能不在人世了。"

在生命的黄昏，他将宽容的关怀分给每个人。如果他看得见我——在他的目光下我是透明的——我也会得到他的好感，他会想到我也曾有过祖父母。他不再要求任何东西，这个岁数的人不再有欲望了。他只要求在他进来时人们稍稍压低声音；只要求当他经过时人们对他露出温柔而尊敬的微笑；只要求儿媳妇有时说："父亲可真了不起，比我们大家都年轻。"只要求当孙儿生气时，唯有自己能用手摸着他的头使他冷静下来，然后说："这些伤心事，只有祖父能安慰他。"只要求儿子每年就棘手的问题多次请教于他。最后，只要求自己感到安详、泰然、睿智。老先生的手仅仅碰着孩子的鬈发，仿佛是祝福。他会想到什么呢？想到他光荣的过去，正是这个过去使他有权谈论一切，而且在一切事情上有最后决定权。这是我以前没有想到的，因为经验不仅仅是对死亡的抵御，它也是权利，老年人的权利。

挂在菱形饰上的奥布里将军佩着长军刀，他是领袖。埃贝尔院长也是领袖，他是敏锐精细的文人，是安佩特拉兹的朋友。他的脸长长的，和其长无比的下巴很对称。嘴唇正下方有一小绺胡须。他的下颌微微前伸，像是在打嗝，那副得意的神态仿佛在作精细的剖析，在提出不同的原则。他手执鹅毛笔遐想，他也在消除疲劳，用写诗来消除疲劳。但他具有领袖的深邃目光。

那么，士兵们呢？我站在展室中央，成为所有这些严肃目光的靶子。我不是祖父，不是父亲，甚至也不是丈夫。我不参加投票，只是交点捐税。我不能夸口说我有纳税人的权利，或者选民的权利，我甚至没有受人敬重的小小权利——这是顺从了二十年的职员所获得的权利。我开始对自己的存在真正地感到吃惊。莫非我仅仅是个表象？

"嘿，"我突然对自己说，"士兵就是我！"我毫无怨怼地笑了起来。

一位五十多岁的胖乎乎的人有礼貌地回我一个漂亮的微笑。雷诺达是怀着爱来绘制这幅肖像的,他的笔触十分柔和:小小的、厚厚的、精雕细琢的耳朵,尤其是两只手,修长而有力,十指尖尖的。这的确是学者或艺术家的手。他的面孔对我是陌生的,我大概经常从它面前走过而未加留意。我走近这幅画:"雷米·帕罗坦,一八四九年出生于布维尔,巴黎医学院教授"。

帕罗坦·瓦克菲尔德医生和我谈起过他:"我一生只遇见过一位大人物,就是雷米·帕罗坦。一九〇四年冬天我听过他的课(您知道我在巴黎学过两年产科)。他使我明白了什么叫领袖人物。我向您发誓,他真有领袖气质。他使我们激奋,我们会跟随他到天涯海角。此外,他还是位绅士,他家财万贯,并且拿出一大部分去资助穷学生。"

就是这样,当我头一次听人谈起这位科学王子时,我便有了强烈的印象。现在我来到他面前,他对我微笑。多么机智聪明、多么和蔼可亲的微笑!他那胖胖的身体舒适地坐在一只大皮安乐椅上。这位不装模作样的学者立刻使人不再拘束。如果没有他那充满灵性的目光，你甚至会把他当作一位好好先生。

不需很久就能猜到他的威信从何而来。他受人爱戴是因为他理解一切，人们什么事都可以对他讲。他有点像勒南①，只是更优雅。他属于说这种话的一类人：

"社会主义者吗？可我比他们走得更远！"当你跟他走上这条危险的路时，你很快便不得不战战兢兢地放弃家庭、祖国、财产权以及最神圣的价值，甚至怀疑资产阶级精英的统治权。然而，再往前走一步，一功又突然恢复了旧有的方式，而且理由出奇地充足。你回过头去，看见社会主义者被远远抛在后面，显得很小，他们挥动手绢喊道："等等我们。"

从瓦克菲尔德那里我还听说，这位大师常常微笑着说他喜欢"分娩灵魂"。他始终年轻，身边也都是年轻人。他经常接待攻读医学的富家子弟。瓦克菲尔德去他那里吃过几次饭。大师把刚刚学会抽烟的学生当成年男人看待，请他们抽雪茄。他躺在长沙发上，半闭着眼，滔滔不绝地说，大群弟子们如饥似渴地围

---

① 勒南(1823—1892)，法国作家及历史学家，在语文学、宗教史诸方面均有建树，对十九世纪八十年代的青年影响很大。

在四周。他追忆往事,讲述故事,从中得出有趣而深刻的教训。在这些有教养的青年中,如果谁的见解与众不同,帕罗坦便对他特别关心,请他发言,专心致志地听,并提供意见和思考题目。这位青年被丰富的思想装得满满的,遭到同伴们的仇视,又不愿再孤身一人与众人唱反调,于是必然有一天会请求单独谒见大师,腼腆地向他倾诉最隐秘的思想、不满和希望。帕罗坦将他抱在怀里,说道:"我理解你,从一开始我就理解你。"于是两人畅谈一番。帕罗坦走得很远、很远,年轻人跟不上。但是,在这样会谈几次以后,年轻叛逆者的情绪出现了明显的好转。他看清楚了自己,开始明白自己与家庭及阶层之间的密切关系,终于理解了精英们令人钦佩的作用。最后,仿佛出现了魔法,这只迷途羔羊在帕罗坦一步一步的指引下回到了羊圈,大彻大悟,改邪归正。瓦克菲尔德说:"他医治的灵魂比我医治的肉体还多。"

雷米·帕罗坦和蔼地向我微笑。他犹豫着,想了解我的立场,以便慢慢改变它,将我带回羊圈。但是我不怕他,我不是羔羊。我瞧着他那没有皱纹的、美丽而平静的额头,他那稍稍凸出的肚子以及放在膝上的一只手。我回他一个微笑,便走开了。

他的弟弟冉·帕罗坦是 S. A. B.① 的主席，他正两手扶着堆满文件的桌了的边沿，那姿势向来访者表明会见已经结束。他的目光很特别，仿佛既抽象又闪着纯粹权利的光辉。令人目眩的眼睛占据了整个面孔。在这团火的下方是神秘主义者紧闭着的薄薄的嘴唇。"真奇怪，"我心里想，"他和雷米·帕罗坦很相像。"我转过头看那位大名医，寻找他们的相似点，突然在他那张温柔的脸上看到某种冷漠和忧愁，这是这家人特有的神情。我的目光又回到冉·帕罗坦身上。

这个人思想简单，在他身上，除了骨头和死肉外，只剩下纯粹权利。这是一个着魔中邪的案例，我想道。人一旦被权利占领，任何驱魔咒语也赶不走它。冉·帕罗坦一生都在思考自己的权利，没有任何其他东西。像每次参观博物馆一样，我感到轻微的头疼，但他不会头痛，他感到的只会是被医治的痛苦权利。人们不能让他过多思考，不能让他看到令人不快的现实，看到他可能的死亡，看到旁人的痛苦。人们在弥留之际往往按自苏格拉底以来的习惯，说几句崇

---

① 可能是"布维尔船主协会"的缩写。——原编者注

高的话，而他呢，对守护了他十二夜的妻子说（就像我的一位叔叔对他妻子那样）："你，泰蕾兹，我不谢你了，你只是尽到了责任。"一个人竟然到了这个地步，真该向他脱帽致敬。

我惊讶地凝视他的眼睛，它们示意我离去。我不走开，显然很不知趣。我曾在埃斯库里亚尔图书馆久久凝视过腓力二世的肖像，因此我知道，当你正视一张闪烁着权利的面孔时，不用多久，闪光就会熄灭，只剩下灰烬残渣，正是这残渣使我感兴趣。

帕罗坦有很好的耐力。但是突然间，他的目光熄灭，画幅暗淡下来。还剩下什么呢？盲人的眼睛，像死蛇一样细薄的嘴唇，还有脸颊，孩子般圆圆的、苍白的脸颊，它摊开在画幅上。S. A. B. 的职员们不会猜到它们的模样，因为在帕罗坦的办公室里从来待不长，他们走进办公室时，遇见的是那道可怕的目光，它像一堵墙，遮掩住那张苍白的、软弱无力的脸颊。他的妻子是在多少年以后才注意到的呢？两年？五年？我想象，有一天，当丈夫躺在身边，鼻子蒙上一缕月光时，或者当他饭后仰靠在安乐椅上，半闭着眼吃力地消食，下巴上有一片阳光时，她鼓起勇气正视他，于是这一大堆肉便现出原形，臃肿不堪，流着涎，有几分猥亵。从那一天起，帕罗坦夫人大概就掌握了指挥权。

我向后退了几步，一眼览尽所有这些大人物：帕科姆、埃贝尔院长、两位帕罗坦、奥布里将军。他们曾戴过高礼帽，星期日曾在绕绳街与市长夫人——曾见到圣塞西尔显灵的格拉蒂昂太太——相遇，他们郑重其事地对她行大礼，这种大礼的秘诀已失传。

他们的肖像精确之至，然而，在画笔下，他们的面孔已失去人脸的神秘弱点。就连最懦弱的面孔也像陶器一样纯净。我在上面寻找与树木和动物、与土生或水生的三色堇的相似之处，但是找不到。我想他们在世时不曾需要肖像，但是，在去世前，他们请来名画师为自己画像，好让他们为改变布维尔周围的海洋和田野而进行的工程审慎地重现在他们脸上：疏浚、钻探、灌溉。因此，凭借雷诺达和博尔迪兰的帮助，他们征服了全部自然：身外的自然和自己身上的自然。这些暗色肖像提供给我目光的，是人对人的重新思考，而唯一的装饰是人所获得的最大战利品：美妙的人和公民的权利。我毫无保留地赞赏人的统治。

一位先生和一位女士走了进来。他们身穿黑衣，尽量避免引人注意。他们在门口站住了，显得很惊奇,先生本能地摘下帽子。

"啊!怎么?"女士激动地说。

先生很快镇静下来,用恭敬的口气说:

"这可是整整一个时代!"

"是的,"女士说,"是我祖母的时代。"

他们走了几步,遇见冉·帕罗坦的目光,女士仍然惊呆地张着嘴,先生并不扬扬得意,他显得谦卑,大概是对这种令人生畏的眼神和短暂的接见十分熟悉吧。他轻轻拉拉妻子的手臂。

"瞧瞧这一位。"他说。

雷米·帕罗坦的微笑从来不让卑微者感到拘束。女人走近肖像,专心致志地看:

"雷米·帕罗坦,一八四九年出生于布维尔,巴黎医学院教授。肖像由雷诺达绘制。"

"帕罗坦是科学院院士,"丈夫说,"雷诺达是研究院院士。这可真是历史。"

女人点点头,然后看着大名医:

"多么有派头!神气多么聪明!"

丈夫做了一个泛泛的手势,简单地说:

"正是这些人建造了布维尔。"

"把他们全放在这里,真不错。"女人感动地说。

我们这三个士兵在这间宽大的展厅里操练。丈夫在不出声地、毕恭毕敬地笑，不安地看了我一眼就突然不笑了。我转过身，走到奥利维埃·布莱维涅的肖像前。一种温和的快感侵袭了我。啊，对，我是对的。真是太逗了。

女人走近了我。

"加斯东，"她突然壮起胆子说，"你来看看。"

丈夫朝我们走过来，她又说：

"你瞧瞧，这个奥利维埃·布莱维涅还有一条街哩，你知道，就是那条到达儒克斯特布维尔之前，朝绿岗上坡的小街。"

片刻后她又说：

"他那样子可不随和。"

"可不！不满意的人要和他打交道可不容易。"

这句话是冲我来的。先生用眼角瞟了我，出声地笑了。这一次他显得自命不凡、吹毛求疵，仿佛他就是奥利维埃·布莱维涅。

奥利维埃·布莱维涅可没有笑。他向我们伸出肌肉紧张的下颌和突出的喉结。

片刻的安静和凝神赞赏。

"他好像要动起来了。"女人说。

丈夫殷勤地向她解释：

"他是做棉花生意的大商人，后来弃商从政，当上了议员。"

这一点我也知道。两年前我曾在莫勒雷神甫①的《布维尔名人小辞典》中查阅到有关他的条目，我抄了下来：

> 布莱维涅，名奥利维埃-马夏尔，前者之子，在布维尔出生和去世（1849—1908），曾在巴黎攻读法学，一八七二年获学士学位。在公社起义期间，曾与众多巴黎人一样被迫避难于凡尔赛宫，受到国民议会庇护，因此感触极深。布莱维涅不同于只追求玩乐的同龄青年，他立下誓言要"为重整秩序而献身"。他信守诺言，回到家乡后立即建立著名的秩序俱乐部，该俱乐部在漫长的岁月里成为布维尔的大商人大船主每晚的聚会处。有人俏皮地称这个贵族圈子比骑师俱乐部更加封闭，然而，在一九〇八年以前，它对我们这个大商港的命运起着良好的作用。一八八〇年，奥利维埃·布莱

---

① 莫勒雷神甫（1727—1819），法兰西学院院士。——原编者注

维涅与商人夏尔·帕科姆（见另一条目）的幼女玛丽-路易丝·帕科姆成婚，并在夏尔·帕科姆去世后成立帕科姆-布莱维涅父子公司。不久后弃商从政，竞选议员。

布莱维涅曾在一次著名的演讲中说："国家患了重病，那就是统治阶级不愿继续领导。如果那些就继承性、教养和经验而言都最有能力行使权力的人，由于顺从或厌倦而放弃权力，那么，先生们，谁将来领导呢？我常说，领导不是精英们的权利，而是他们的主要责任。先生们，我恳求你们，恢复权威原则吧。"

布莱维涅于一八八五年十月四日第一轮选举中当选为国民议会议员，后一再连选连任。他能言善辩，言辞激烈锋利，作过无数次精彩的演说。一八九八年可怕的罢工爆发之时，他正在巴黎，连夜赶回布维尔，领导研究对策，并提出与罢工工人谈判。谈判是本着宽厚调解的精神进行的，后来由于儒克斯特布维尔的殴斗而中断。军队谨慎介入后民心才安定下来。

他的儿子奥克塔夫年纪轻轻就进了综合理工

学院①,他一心培养儿子当"领袖人物",但奥克塔夫却英年早逝,在这个沉重打击下,他一蹶不振,两年后,一九〇八年二月,他与世长辞。

演讲集:《道德的力量》(1894,绝版),《惩罚的责任》(1900)——本集的全部演讲都是关于德雷弗斯事件(绝版),《意志》(1902,绝版)。在他死后,人们又将他的最后几次演讲及致亲友的信收集成册,取名《Labor improbus》②(普隆出版社,1910)。肖像:一幅由博尔迪兰绘制的绝妙肖像现存布维尔博物馆。

绝妙的肖像,不错。奥利维埃·布莱维涅蓄着一小撮黑胡须,黄褐色的面孔有点像莫里斯·巴雷斯。他们两人一定相识,在议会中坐的是一条板凳,但是这位布维尔议员没有那位爱国者联盟主席那般潇洒,他像棍子一样僵直,像玩偶匣里的玩偶一样从画布上蹦起来,眼睛闪闪发光,瞳孔是黑的,角膜发红。他

---

① 综合理工学院,一七九四年成立的高等学校,进行英才教育,属军队编制。
② 拉丁文,取自维吉尔《农事诗》(Ⅰ,144—145)名句"顽强的工作无坚不摧"的一半。此处可译为《水到渠成》。——原编者注

抿着厚厚的小嘴,右手按在胸前。

我曾经十分讨厌这幅画。在我眼中,布莱维涅时而太大,时而太小,但是今天我明白了是怎么一回事。

我翻阅《布维尔讽刺报》时得知了实情。在一九〇五年十一月六日那一期上,整个篇幅都是讲布莱维涅。在封面上,小小的他抓着孔布①老爹的狮鬣,解说文是:"狮子的虱子"。从第一页起,一切都清楚了:奥利维埃·布莱维涅身高一米五三。人们嘲笑他身材矮小,嘲笑他的声音像雨蛙——这个声音却不止一次地使整个议会发抖。人们还说他在皮鞋里加了橡皮垫圈。相反,出身帕科姆家的布莱维涅夫人则人高马大。编年史家写道:"他的另一半是他的双倍②,这话对他再合适不过了。"

一米五三!对,博尔迪兰小心翼翼地不让肖像四周的物品将肖像衬托得更矮小:一个墩状软垫,一把矮矮的安乐椅,一个书架及十二开本的书,一个小小的波斯圆桌。然而,他的身材与邻居冉·帕罗坦一

---

① 孔布(1835—1921),法国政治家,一九〇二至一九〇五年任内阁总理,主张政教分离。
② 双倍(double),此处是双关语,意为复制品及双倍。

样，两幅画的尺寸又一样，因此，这幅画上的小圆桌和那幅画上的特大桌几乎一样大，墩状软垫竟和帕罗坦的肩头一样高。目光本能地对这两幅肖像作比较，因此感到不舒服。

现在我想大笑，一米五三！如果我想和布莱维涅说话，我就必须弯腰或蹲下。他如此激昂地仰起头，这也不足为怪了，因为对这种身材的男人来说，命运总是在离他们头顶几厘米的地方起作用。

令人赞叹的艺术威力。这个声音极尖的矮小男人，留给后人的只是一张咄咄逼人的脸、一个高雅的手势和公牛般血红的眼睛。对公社感到恐惧的大学生，肝火旺盛、身材矮小的议员，都被死亡带走了。然而，由于博尔迪兰，这位秩序俱乐部主席兼道德力量组织的雄辩家万世永存。

"啊，可怜的小皮波。"

夫人遏制住惊呼。在奥克塔夫·布莱维涅——前者的儿子——的肖像下方，一只虔诚的手写下了这几个字：

一九〇四年死于综合理工学院

"他死了！和阿隆代尔的儿子一样！他看上去

很聪明。他妈妈该多么伤心啊！这些高等学校功课太多，脑子不停地转，连睡觉也动脑子。我很喜欢他们的两角帽，挺神气。那叫羽饰吧？"

"不，羽饰是圣西尔军校的。"

我也凝视那位英年早逝的综合理工学院学生。他那张蜡黄的脸和正统的髭须足以使人想到死亡即将来临。何况他已预见到自己的命运：明亮的眼睛瞻望远方，流露出一种无可奈何的神情。但是，与此同时，他的头高高仰起，他穿着军服，代表法兰西军队。

Tu Marcellus eris! Manibus date lilia plenis……①

玫瑰花被折断，综合理工学院学生夭折，还有什么比这更悲惨的吗？

我顺着长画廊慢慢走，不停下，路过那些从幽暗中露出的优雅面孔时，向它们致意：商业法庭庭长博

---

① 拉丁文：你将是马尔切鲁斯，双手散发百合花……引自维吉尔《埃涅阿斯纪》第六卷。马尔切鲁斯是古罗马皇帝奥古斯都的外甥，曾被视为王位继承者，但二十岁即去世。

苏瓦尔①先生，布维尔独立港口管理委员会主席法比先生，商人布朗日先生及其一家，布维尔市长拉讷坎先生，生于布维尔、任法国驻美大使的诗人德·吕西安先生，一位身着长官制服的陌生人，大孤儿院院长圣玛丽-路易丝嬷嬷，泰雷宗先生及夫人，劳资调解委员会主席蒂布-古龙先生，海军军籍局局长博博先生，布里翁先生，米奈特先生，格雷洛先生，勒费弗尔医生，潘女士以及博尔迪兰本人——是他儿子彼埃尔·博尔迪兰给他画的。画中人的目光都明亮而冷静，五官清秀，嘴唇薄薄的。布朗日先生节俭而有耐心，圣玛丽-路易丝嬷嬷虔诚而灵巧，蒂布古龙先生对己对人都十分严厉，泰雷宗夫人与严重疾病作顽强的斗争。她那张疲惫已极的嘴角流露出痛苦，但是这位虔诚的女人从未说："我疼。"她克服病痛，拟定菜单，主持慈善活动。有时，话说到一半，她慢慢闭上眼睛，面无血色。这种衰弱持续不到一秒钟，她又睁开眼睛接着讲。缝纫工厂的人悄悄说："可怜的泰雷宗夫人！她从不诉苦。"

---

① 博苏瓦尔（Bossoire），作为普通名词，指船上升降船锚、小艇的吊架，用作姓名十分可笑，这种例子不止一处。——原编者注

我穿过了长长的博尔迪兰-雷诺达展厅。我回过头,再见了,美丽的百合花①,你们在绘画的小圣殿里精美无比,再见了,美丽的百合花,我们的骄傲和存在的理由,再见了,坏蛋们②。

星期一

我不继续写关于罗尔邦的书了,结束了。我不再写了。我将如何利用我的生命?

三点钟了,我坐在桌前,我从莫斯科偷来的那一沓信放在我身旁,我写道:

> 人们精心散布最不祥的谣言。德·罗尔邦先生上了圈套,因为在九月十三日致侄儿的信中,他说他刚刚立了遗嘱。

侯爵在我身旁。我将自己的生命借给他,直到最后将他安置在历史存在之中。我感觉到他,仿佛他是我腹中的微热。

我突然想到人们肯定会对我提出异议,因为罗尔

---

① 在法国文学中,百合花常是纯洁和德行的象征。
② 根据萨特在《存在主义是一种人道主义》(纳吉尔出版社,第84页)中的说法,"坏蛋"是指那些试图证明其存在是必然的人(其实人在地球上的出现属于偶然)。——原编者注

邦对侄儿毫不坦率，如果他失败，他要让侄儿当证人，在保罗一世面前为他辩解。遗嘱一事很可能是他虚构的，好装作幼稚无知。

这是一个不值一提的、小小的异议，不必大惊小怪，但我却陷入遐想中，闷闷不乐。我突然又看见卡米尔餐馆那位胖胖的女侍者，阿希尔先生那副惊慌的模样，还有那个店堂，我在那里曾清楚感到自己被遗忘、被丢弃在现在时中。我不耐烦地对自己说：

"我这人连自己的往昔都留不住，还能盼望去拯救别人的往昔吗？"

我拿起笔，试图继续工作。那些关于往昔，关于现在，关于世界的种种思考，使我烦透了。我只要求一件事：安安静静地写完书。

然而，当我的目光落在那一沓白纸上时，它的外表令我吃惊，于是我手中的笔停在半空，我呆在那里端详令人目眩的白纸，它是多么坚硬、鲜艳，它属于现在。它上面的东西都是现在。我刚才在上面写的东西还没有干，但已经不属于我了。

　　人们精心散布最不祥的谣言……

这句话是我想出来的，最初曾是我的一小部分，而现在,它印在纸上,它独立于我。我再认不出它了,甚至无法重新思考它。它在那里,在我对面,在它身上我找不到起源的标记。任何其他人都可能写它,而我,我不能确定它是我写的。字母现在不再发亮,它们已经干了。这一点也消失,短暂的光泽已荡然无存。

我不安地瞧瞧四周。现在,只有现在。囿于现在中的一些轻巧、结实的家具:一张桌子、一张床、一个玻璃衣橱,还有我自己。现在的真正本性暴露了出来:它是现在存在的东西,所有不在场的东西都不存在。往昔不存在,根本不存在,既不存在于物体,也不存在于我的思想中。当然,很久以来我就明白自己错过了往昔,但是,直到那时,我还以为往昔仅仅撤出了我所能及的范围,它仅仅是退休,是另一种生存方式,是一种度假和闲散状态。每一个事件,在完成任务以后,便乖乖地、自动地进入一个盒子,成为名誉事件,因为虚无是难以想象的。而现在我知道,事物完全是它显现的样子,在它后面……什么也没有。

这个想法占据我达好几分钟,后来我使劲晃动两肩想摆脱它,我将那一沓纸拉过来。

……他刚刚立了遗嘱。

我突然剧烈地想呕吐，笔从我手中滑落，墨水四溅。这是怎么回事？是恶心？不，不是它，房间像每日一样和蔼慈祥。桌子似乎稍稍厚沉，笔稍稍紧实，然而德·罗尔邦先生却第二次死去。

刚才他还在那里，在我身上，安静而温暖，而且我不时地感到他在动。他是活生生的，对我来说，他比自学者或铁路之家的老板娘更鲜活。他很任性，可以好几天不露面，但是，在神秘的好时光，他常常像对湿气敏感的嘉布遣会修士一样，露出鼻子来，于是我便看见那张苍白的脸和发蓝的脸颊。而且，即使他不露面，他也沉沉地压在我心上，我感到自己装得满满的。

现在什么也不剩下了，就好比这些干涸的墨渍，它们原先的鲜亮也不再剩下了。这是我的错。我说了恰恰不该说的话。我说往昔不存在。因此，刹那间，德·罗尔邦先生就悄无声息地返回到虚无中去了。

我双手拿起他的信，怀着某种绝望拍拍它们。

"这是他，"我想道，"是他一笔一画地写了这些符号。他俯在这些纸上，手压着纸，不让纸在笔下滑动。"

太晚了，这些字句再没有任何意义。除了我双手捏着的这一沓黄纸外,其他一切都不存在。这里还有一段复杂的故事。罗尔邦的侄子于一八一〇年遭沙皇警察暗杀,他的文件被没收,转入秘密档案,一百一十年以后,又被掌权的苏维埃存入国家图书馆,一九二三年被我从国家图书馆偷出。这事好像不是真的,我对这次偷窃也没有确切的记忆。其实,要解释这些文件为什么在我房间里,可以想出一百个更加可信的故事来。但是,与这些粗糙的纸张相比,那些故事会像气泡一样空洞和轻飘。我与其依靠这些纸来与罗尔邦沟通,还不如直接求助于招魂桌。罗尔邦不存在了,完全不存在了。如果他还剩下几根骨头,那么它们是为自己存在的,完全独立,它们如今只是一点点磷酸酯和碳酸酯,加上盐和水。

我做最后一次尝试,对自己重复德·冉利斯夫人的话——它往往被我用来描绘侯爵:

> 在他那张布满皱纹和麻点、干干净净、清清爽爽的小脸上,有一种奇怪的狡黠神气,虽然他极力掩饰,但仍一目了然。

他的脸顺从地出现了,尖尖的鼻子、发蓝的脸颊,还有微笑。我可以任意——也许比以前更随意地——想象他的五官,但这只是在我身上的一个形象、一个虚构。我叹了一口气,仰靠在椅背上,感觉到一种难以承受的缺陷。

敲四点钟了。我无所事事地在椅子上已经待了一个小时。天暗了下来。除此以外,房间里没有任何变化,白纸仍然在桌子上,旁边是笔和墨水瓶……但是我决不会在已经开始的那张纸上往下写,我决不再顺着残废者街和棱堡大街去图书馆查资料。

我真想跳起来走出去,随便做点什么好排遣排遣。但是我知道,如果我动一动指头,如果我不老老实实地待着,就会发生什么事,而我不愿意它发生。它什么时候发生都为时过早。我不动弹,机械地看着我在纸上没有写完的那段话:

> 人们精心散布最不祥的谣言。德·罗尔邦先生上了圈套,因为在九月十三日致侄儿的信中,他说他刚刚立了遗嘱。

著名的罗尔邦事件结束了,就像热烈的恋情一样。我应该寻找别的东西。几年以前,在上海,在梅尔西埃的办公室里,我突然从梦中惊醒。后来我又做了一个梦：我生活在沙皇的宫廷里，古老的宫殿十分寒冷，在冬天，门上都挂着冰溜。今天我醒过来了，面对的是一沓白纸。烛台、冰冷的庆典、军服，打着寒战的美丽的肩头，这一切统统消失了。取而代之的是这个温暖房间里的某个东西，某个我不愿看见的东西。

德·罗尔邦先生曾是我的合伙人，他需要我是为了他的存在，我需要他是为了不感觉我的存在。我提供原材料，我不知道如何使用的、打算出卖的原材料：存在，我的存在，而他，他要做的是体现。他站在我面前，占领了我的生命，为的是体现他的生命。我不再感觉我的存在，我不再存在于我身上，而是存在于他身上。我为他而进餐，为他而呼吸，我的每个动作的意义都在外面，在那里，在我对面，在他身上。我看不见我的手在纸上写字，甚至也看不见我写出的句子，但是，在纸的另一边，在纸的后面，我看见了侯爵，他要求我做写字的动作，这个动作延续和巩固他的存在。我只是使他存在的手段，他是我存在的目的。他使我摆脱了自己。这些都过去了，现在我该怎么办呢？

千万别动，别动……啊！

我不由自主地耸了耸肩……

处于等待中的那个东西警觉起来，猛扑向我，钻进我身体，将我塞满。这没什么，那东西，就是我。存在被解放了，被解脱了，在我身上回涌。我存在。

我存在。这很柔和，多么柔和，多么缓慢，而且很轻巧，它仿佛半浮在空中。它在动。到处都有轻轻的擦动，擦动在融化、消散。慢慢地，慢慢地，我嘴里有充满泡沫的水，我咽下去，它滑进我的喉咙，抚摸我——它在我嘴里再次产生。我嘴里永远有一小汪发白的——隐蔽的——水，它摩擦我的舌头。而这一小汪水，还是我。还有舌头，还有喉结。这是我。

我看见自己的手，它摊开在桌子上。它活着——这是我。它是张开的，五指伸开、竖起，手背朝下，露出肥肥的腹部，像一头仰卧的野兽，指头就是脚爪。我逗趣地让手指迅速活动，就像仰翻的螃蟹在晃动爪子。螃蟹死了，爪子缩了起来，缩回到手的腹部。我看见指甲——我身上唯一没有生命的东西，这还说不一定哩。我的手又翻倒过来，手心朝下地摊开，我看见手背，银白色的、微微发亮的手背，真像是鱼——如果指根没有红毛的话。我感觉到我的手。在手臂尖端晃动的这两个动物，就是我。我用一只爪子的指甲去搔另一只爪子；我感到手在桌子上的重量，桌子不是我。这种重量的感觉久久不消失，久久地，久久地。它没有理由消失，久而久之变得难以忍受……我缩回手，将手伸进衣袋，立刻隔着布感到大腿的暖气，我马上让手从衣袋里跳出来，让它靠着椅背垂着。现在我感觉到它在我手臂尽头的重量。它稍稍往下坠，轻轻地、徐缓地、软软地，它存在。我不再试了，不论我将它放在哪里，它都会继续存在，我也将继续感到它存在，我无法消除它，也无法消除我身体的其他部分和弄脏我衬衣的潮湿的热气，无法消除那懒洋洋地转动——仿佛用勺子转动——着的热脂肪，无法消除脂肪中的那些感觉，它们来来去去，从腰部上升到腋下，或者从早到晚待在它们习惯的角落里，无声无息。

  我猛然站起身。只要我能停止思想，那就好多了。思想是最乏味的东西，比肉体更乏味。它没完没了地延伸，而且还留下一股怪味。此外，思想里有字词，未完成的字词，句子的开头，它们一再重复："我必须结……我存……死亡……德·罗尔邦先生死了……我不是……我存……"行了，行了……没完没了。这比别的事更糟，因为我感到自己应负责任，又是同谋。例如这种痛苦的反刍：我存在。是我在维持这种反刍，是我。身体一旦起动，就独立出去了，而思想呢，是我在继续它，展开它。我存在。我想我存在。啊，存在的感觉是长长的纸卷——我轻轻地展开它……要是能克制自己不去想，那有多好！我试试，我成功了，我的脑子里一片烟雾……但它又开始了："烟雾……别想……我不愿意去想……我想我不愿意去想。我不应该想，我不愿意去想，因为这还是思想。"这么说，永远没完？

我的思想就是我，因此我才停不下来。我存在因为我思想，而我无法使自己不去想。就在此刻——多么可怕——如果说我存在，那是因为我害怕存在。是我，是我将自己从我向往的虚无中拉出来。仇恨和对存的厌恶都使我存在，使我陷入存在。思想在我脑后产生，像眩晕，我感觉思想在我脑后诞生……如果我让步，它就来到前面，来到我两眼之间，而我一直在让步，它在长大，长大，变得奇大无比，将我填得满满的，使我的生存继续下去。

我的唾液是甜的，我的身体是温的，我感到自己淡而无味。小刀在桌子上，我打开它，总之，会有点变化吧。我将左手放在拍纸簿上，往手心狠狠扎了一刀。动作过于紧张，刀锋滑过去了，只是表皮受了伤。流血了。那又怎样？有什么变化呢？不过我满意地看着白纸上的那一摊血，它横在我刚才写的那几行字中间，它终于不再是我。白纸上的四行字，一片血迹，这是美好的回忆。我应该在下面写上："这一天我放弃了写德·罗尔邦侯爵的计划。"

我该治治这只手？我在犹豫。我瞧着那一丝单调的、细细的血，它正好在凝固。结束了。切口周围的皮肤仿佛长了铁锈。在皮肤下面，只剩下轻微的感觉，与别的感觉相似，也许更淡而无味。

钟敲了五点半，我站立起来，冷衬衫贴着皮肤。我走出门。为什么？嗯，因为我没有理由不这样做。即使我待在那里，即使我悄悄地缩在角落里，我也不会忘记我自己。我将压在地板上。我存在。

我顺手买了一份报纸。耸人听闻。小吕西安娜的尸体被发现了！报纸发出油墨味，在我的手指间皱成一团。无耻的家伙跑掉了。小姑娘遭到强奸。人们找到了她的尸体，她的手指紧紧抓着泥。我将报纸卷成一团，手指紧紧抓住它，油墨味，老天爷，事物的存在今天多么强烈。小吕西安娜被强奸。被掐死。她的身体，她那受伤的肉体仍然存在。但是她已不存在了。她的手。她不再存在。房屋。我在房屋之间行走，我是在房屋之间，直直地在铺路石上。我脚下的铺路石是存在的，房屋在我头上合拢，像水一样盖住我，盖住天鹅一般隆起的纸。我在。我在我存在，我思故我在。我在因我思。我为什么思想？我不愿再想我存在，因为我想我不愿意存在，我思想我……因为……呸！我逃跑，那个无耻的家伙逃跑了，她的身体被奸淫。她感到另一个肉体进入她的肉体。我……我……她被强奸。一种微弱的、血腥的强奸欲望从后面袭击了我，轻轻地，在耳朵后面，耳朵跟在我后面。棕红头发，我头上的头发是棕红色，一根湿草，一根棕红草，这还是我吗？还有报纸，它还是我吗？拿着报纸，存在紧靠着存在，事物相互紧靠着存在，我放开报纸。房屋突然显现了，它在我面前存在，我沿着墙走，沿着长长的墙走，我在墙面前存在，走一步，墙在我面前存在，一座房子，两座房子，在我后面，墙在我后面，一个手指在我的裤子里抓搔，抓搔，抓搔，将小姑娘沾满污泥的手指拉出来，我的手指沾上了污泥，手指刚从泥水中出来，慢慢地，慢慢地垂下，刚才它变软了，轻轻地抓搔小姑娘的手指，她被掐死，无耻之徒，她的手指轻轻地抓土，抓泥，我的手指慢慢滑下，指尖朝下，暖暖地靠着大腿抚摸。存在是软的、滚动的、晃荡的，我在房屋之间晃荡，我在，我存在，我思故我晃荡，我在，存在是跌落，跌下了，将跌下，将不跌下，手指搔着天窗，存在就是不完善。先生。漂亮的先生存在。先生感到他存在。不，走过的这位漂亮先生，像牵牛花一样傲慢温柔的先生，他不感到他存在。开花。我那只受伤的手很疼，存在，存在，存在。漂亮先生，存在荣誉勋位，存在髭须，这便是一切，仅仅成为荣誉勋位，仅仅成为髭须，这该多么高兴，其他的谁也看不见，他看见鼻子两侧的髭须尖梢，我不思故我是髭须。他既看不见他瘦弱的身体，也看不见他那双大脚，仔细搜搜他的裤子，人们会发现一对灰色的小橡皮。他有荣誉勋位，坏蛋们有权存在："我存在因为这是我的权利。"我有权存在，因此我有权不思想，手指竖起来了。我要……？在喜气洋洋的白被单上抚摸轻轻倒下的充分发育的白色肉体，触摸腋下微潮的腋毛，肉体的黏液、汗液、滑液，进入他人的存在中，进入散发生存的厚重气味的红色黏膜中感觉我存在于两片柔和的湿唇之间，淡血色的红唇，颤抖的唇微微张开，湿湿的充满了存在，湿湿的充满了透明的黏液，在甜蜜的湿唇之间，它们像眼睛一样，泪汪汪的。我的肉体在生活，肉体在蠢动，轻轻地搅动汁液，搅动稠液，肉体在搅动，搅动，搅动，肉体甜甜的淡水，我手上的血，我受伤的肉体微微疼痛，这转动着的肉体走着，我走，我逃，我是肉体受伤的无耻家伙，存在因撞在墙上而受伤。我冷，我走一步，我冷，走一步，我向左转，它向左转，它想它向左转，疯了，我疯了？它说它怕变成疯子，小家伙你瞧瞧存在，它停下，身体停下，它想它停下，它从哪里来？它在做什么？它又走，它害怕，很害怕，无耻的家伙，欲望像浓雾，欲望，厌恶，它说它厌恶存在，它厌恶吗？厌烦了对存在的厌恶。它跑。它希望什么？它跑，逃走，跳进水池。它跑，心脏，心脏跳动，这是高兴，心脏存在，两腿存在，呼吸存在，它们存在，跑动，喘息，无力地跳动，轻轻地喘气，我喘气，它说它喘气。存在从后面抓住我的思想，而且从后面轻轻展开它；我从后面被抓住，我从后面被强迫去思想，也就是去成为某个东西，我喘息着吐出存在的轻轻气泡，在我身后，它是朦胧欲望的气泡，它在镜中像死人一样苍白，罗尔邦死了，安托万·罗冈丹没有死，我失去知觉。它说它要消失,它跑,跑猜环游戏①(从后面),从后面,从后面。小吕西尔②从背后被抓住,从背后被存在奸污,它求饶,它羞于求饶,羞于请求怜悯,羞于呼救命。羞于呼救命因此我存在,它走进海员酒吧,小妓院的小镜子,小妓院的小镜子里棕红头发的大个子面色苍白地跌坐在长椅上,唱机在转,存在,一切都在转,唱机存在,心在跳动,转呀,转呀,生命之液,转呀我肉体的冻汁、糖汁、甜食……唱机。

When the mellow moon begins to beam
Every night I dream a little dream. ③

那个深沉、沙哑的声音突然出现,世界,存在的世界,便隐没了。这声音属于一个有肉体的女人,她穿着最漂亮的衣服对着一个圆盘唱,声音被录了下来。女人,啊!她曾像我,像罗尔邦一样存在,我不想结识她,但是有一点,不能说她现在存在。转动的唱盘现在存在,声音唱出的曲调,颤动的曲调,现在存在,印在唱盘上的声音曾经存在。我在听,我现在

---

① 猜环游戏:大家围坐成圈,相互迅速传递东西,一人站在中央猜东西在谁的手里。
② 上文是吕西安娜 Lucienne 而不是吕西尔 Lucile,原文如此。
③ 英文:当温柔的月亮开始闪亮/每晚我做个小小的梦。

存在。一切都是满满的，处处都是密集、沉重、甜蜜的存在。然而在这个近在咫尺但可望不可即的甜蜜之外，在这个年轻的、无情的、宁静的甜蜜之外还有那个……那个严峻。

星期二

无事。存在过。

星期三

纸桌布上有一圈阳光。一只冻僵的苍蝇在光圈里爬动取暖，前面的爪子相互摩擦。我要帮助它，将它拍死。它看不见这个巨大的食指，食指上的金色汗毛在阳光中闪烁。

"别打死它，先生！"自学者喊了起来。

苍蝇裂开了，小小的，白白的内脏从肚子里流了出来。我帮它解脱了存在。我冷冷地对自学者说：

"我这是帮助它。"

我为什么在这里？——为什么不在这里呢？现在是正午，我等待着睡觉的时刻（幸亏睡眠不躲着我）。再过四天我又要见到安妮，目前这是我唯一的生活目的。在那以后呢？等安妮离开我以后呢？我很清楚自己暗暗地希望什么，我希望她永远不再离开我。然而，我应该知道安妮决不肯在我面前衰老的。我是软弱的、孤单的，我需要她，我愿意精神饱满地去见她，因为她瞧不起失魂落魄的人。

"您好吗，先生？您感觉好吗？"

自学者用带笑意的目光斜视我。他有点喘，像喘不过气来的狗那样张着嘴。我承认今早我几乎高兴看见他，我需要和人谈谈。

"我多么高兴能和您同桌用餐，"他说，"您要是冷，我们可以坐在暖气旁边。这些先生要走了，他们已经要了账单。"

有人关心我，考虑我冷不冷，我和另一个男人说话，这是多少年来不曾有过的事。

"他们走了，我们是不是换个座位？"

那两位先生点燃了香烟，走了出去，他们现在在阳光下，在纯净的空气里。他们顺着大玻璃窗走，两手扶着帽子。他们在笑，风吹鼓了他们的大衣。不，我不想换座位，何必呢？何况，透过大玻璃窗，我可以看见海，绿绿的、稠稠的海，它在那些更衣室的白屋顶之间。

自学者从他的钱夹里掏出两张紫色的长方形卡

片，一会儿他用这个付账。我从反面认出其中一张上写着：

博塔内店，饭菜实惠。

午餐定价：8法郎

冷盘任选

肉加配菜

奶酪或甜点

二十张卡为140法郎

坐在门旁圆桌上的那个人，我现在认出来了。他经常住普兰塔尼亚旅馆，是旅行推销员。他不时向我抛来专注的、微笑的眼光，但是他看不见我，他在专心致志地观察他吃的东西。在收款台的另一侧，有两个红红的矮壮男人正一边喝白酒，一边品尝海蚌。蓄着稀疏的黄髭须的那位小个子在讲故事，他自己也乐，他不慌不忙，大笑时露出一口洁白闪亮的牙齿。另一位没有笑，眼光冷漠，但常常点头表示赞同。靠窗处有一个棕色的瘦男人，五官清秀脱俗，一头漂亮的白发往后梳，正带着沉思的神情看报。在他旁边，在长椅上，放着他的公文包。他在喝维希矿泉水。再过一会儿，这些人都要离去。他们的身体被食品撑得沉甸甸的，经微风一吹，他们将敞开大衣，沿着栏杆走，一面观看海滩上的孩子和海面上的船，他们的头脑微微发热、微微作响。他们将去工作。而我呢，我哪里也不去，我没有工作。

自学者天真地笑着，阳光在他稀疏的头发上闪亮。

"您点菜吧。"

他递给我菜单，我有权点一个冷盘：四片圆圆的红肠或者白萝卜或者褐虾或者一小盘浇汁芹菜。勃艮第蜗牛得另外加票。

"给我来红肠吧。"我对女侍者说。

他夺过我手上的菜单。

"没有更好的吗？这不是有勃艮第蜗牛吗？"

"我不大喜欢蜗牛。"

"啊！那么牡蛎呢？"

"得加四法郎。"女侍者说。

"好，来牡蛎吧，小姐。我要白萝卜。"

他脸红了，对我解释说：

"我很喜欢白萝卜。"

其实我也一样。

"然后呢？"他问道。

我看了肉类那一栏，我喜欢焖牛肉，但我预知他会叫烩鸡，因为那是唯一要加票的菜。

"给这位先生来烩鸡，给我来焖牛肉，小姐。"他说。

他将菜单翻过来，反面是酒类。

"我们喝点葡萄酒吧。"他郑重其事地说。

"哟，"女侍者说，"您这回要酒了，您可是从来不喝的。"

"偶尔喝一瓶还是可以的。小姐，来一瓶安茹葡萄酒吧。"

他放下菜单，将面包掰成小块，用餐巾擦餐具。他看了一眼那位看报的白发男人，微笑着对我说：

"我来这里一般总带上一本书，虽然医生劝我不要这样，因为吃快了咀嚼不够充分。但我有个鸵鸟胃，什么都能消化。一九一七年战争期间我当过俘虏，吃得极差，大家都病倒了，当然，我也像别人一样请病假，其实我什么事也没有。"

他当过俘虏……这是他头一次告诉我，我惊奇不已，很难想象他除了自学者以外还能是什么人。

"您在哪里当的俘虏？"

他不回答，放下叉子，用锐利的目光看着我，他要讲述他的麻烦事了。此刻我想起图书馆里曾经有过不顺当的事。我竖起耳朵听，因为对别人的麻烦表示同情，这是我求之不得的，我可以换换脑子。我没有麻烦，我像享受年金者一样有钱，我没有上级，没有妻子，没有孩子，我存在，这就是一切。而我的厌烦是如此空泛，如此玄奥，我为它羞愧。

看来自学者不想讲述。他向我抛来一种古怪的眼光，不是为了观看，而是为了心灵相通。他的心灵上升到那双美妙的盲人眼睛里，显露了出来。如果我的心灵也如法炮制，将鼻子贴到玻璃窗上，那么它们将相互致意。

我不要心灵相通，我还没有跌得这么低。我往后退，但是自学者死盯着我，同时在桌子上方向前俯身。幸好女侍者端来了他的萝卜，他坐回椅子上，心灵从眼中消失。他顺从地吃了起来。

"您的麻烦解决了？"

他吓了一跳，惊恐地问：

"什么麻烦，先生？"

"您很清楚，那天您对我说过。"

他满脸通红，冷冷地说：

"哦！哦！对，那天，对了，是那个科西嘉人，先生，图书馆的科西嘉人。"

他再次犹豫，显出母羊的固执神气：

"那都是闲话，我不愿意惹您讨厌。"

我不再坚持。他吃萝卜，吃得极快，不像是吃。当女侍者给我端上牡蛎时，他已经吃完了萝卜，盘子里只剩下一堆绿梢头和少许湿盐。

外面有两个年轻人停下来看菜单，一个厨师模型左手拿着菜单给他们看（右手拿着一只煎锅）。他们在犹豫。女人怕冷，下巴缩在皮衣领里。年轻男人最先决定，推开门，让女伴先进来。

她进来了，和气地环顾四周，有点发抖。

"这儿暖和。"她低声说。

年轻男人又关上了门。

"先生太太们好。"他说。

自学者转身和气地说：

"先生太太们好。"

其他客人不回答，那位高雅的先生稍稍放低报纸，用深沉的眼光打量新来者。

"谢谢，不用麻烦。"

年轻男人不等女侍者跑来帮忙就灵活地脱下了雨衣。他没穿短上装，穿的是带拉锁的皮夹克。女侍者有点失望，转身朝着年轻女人，但那男人又抢在前面了，他用轻巧而准确的动作帮女伴脱下大衣。他们在我们近旁坐下，两人靠在一起。看上去他们相识不久。年轻女人的脸显得疲乏和纯净，有几分怨气。她突然摘掉帽子，微笑地甩甩那头黑发。

自学者和善地久久端详他们，转身对我动情地眨眨眼睛，仿佛是说："他们多美！"

他们不难看。他们沉默着，很高兴在一起，很高兴人们看见他们在一起。从前，当安妮和我走进庇卡迪伊一家餐馆时，我们有时也感到自己成为动情端详的对象。安妮为此不快，而我呢，我承认我有几分得意。主要是惊奇。我从来没有像这个年轻男子那样潇潇洒洒、清爽利索，甚至也不能说我的丑陋打动了人。然而当时我们年轻，而现在，年龄使我为旁人的青春而感动，我不为自己感动。那个女人有一双深色的、温柔的眼睛。男人的皮肤稍呈橘红色，有些颗粒，可爱的小小的下颌显示倔强。他们使我感动，的确如此，但又使我有几分恶心。我觉得他们离我很远。暖气使他们软弱无力，他们在心中追寻同样的梦，如此温柔、如此软弱的梦。他们很自在，充满信心地看着黄墙，看着人，这样的世界真好，它正应该是这样，而目前，他们正从对方的生命中吸取自己生命的意义。不久，他们两人将变成一个唯一的生命，一个缓慢的、温和的、将没有任何意义的生命——而他们将毫不觉察。

他们仿佛彼此害怕。最后，青年男子笨拙而坚决地握起女伴的手指尖。她深深地呼吸，于是两人同时低头看菜单。是的，他们很快活。那以后呢？

自学者得意地带几分神秘地说：

"前天我看见您了。"

"在哪里？"

"哈！哈！"他尊敬地逗我。

他让我等了一会儿，说：

"您正从博物馆出来。"

"啊，对，"我说，"不是前天，是星期六。"

前天我可没有心思去逛博物馆。

"您见到那幅著名的奥尔西尼①谋杀案的木雕吗？"

"我不知道这个作品。"

---

① 奥尔西尼(1819—1858)，意大利革命者，一八五八年一月十四日刺杀拿破仑三世未遂，当场死伤一百五十八人。——原编者注

"怎么可能呢？它在进门靠右首的一个小厅里。作者是一位公社起义者，他躲在布维尔的一个谷仓里，直到颁布大赦。他原想乘船去美洲，可是这里港口的警察很厉害。他是个了不起的人。他利用被迫空闲的时间雕刻了一大块橡木，而且除了小刀和指甲锉以外没有别的工具。他用锉刀来刻精细部位：手和眼睛。木头长一米五，宽一米，整个作品是完整的一片，一共有七十个人物，每个人物像我的手那么大，还有给皇帝拉车的两匹马！那些面孔，先生，用锉刀刻出的那些面孔，都很有表情，很有人情味。先生，我敢说这个作品值得一看。"

我不想做出许诺。

"我只是想去看看博尔迪兰的画。"

自学者突然现出愁容。

"大展厅里的那些肖像？先生，"他露出颤抖的微笑说，"我对绘画一窍不通。当然，我能看出博尔迪兰是大画家，他的笔法，怎么说呢，有功夫。可是，先生，乐趣、美学乐趣，与我无缘。"

我同情地说：

"雕刻也与我无缘。"

"啊，先生！唉，我也一样，还有音乐，还有舞蹈。不过我也不是一无所知。是呀，有些事难以想象，有些年轻人的知识不及我的一半，但他们一站到画前就似乎能感受乐趣。"

"也许是装出来的。"我用鼓励的口吻说。

"也许吧……"

他遐想片刻：

"我之所以感到遗憾，主要不是因为我失去某种享受，而是因为人类活动的一部分与我无关……然而我是人，这些作品也是人画的……"

他突然变了声音：

"先生，我曾大胆想过，美仅仅是趣味问题。每个时期不都有不同的标准吗？您允许吗，先生？"

我惊奇地见他从衣袋里掏出一个黑皮小本。他翻了一下，有许多空白页，隔很远就有用红墨水写的几行字。他脸色苍白，将小本平放在桌布上，大手压着翻开的那一页，局促地咳了一声：

"我有时有些——姑且说思想吧。很奇怪，我在那里看书，可突然不知从哪里钻出这些东西，仿佛是幻象。最初我不在意，后来我决定买一个本子。"

他停住，看着我，他在等待。

"哦哦！"我说。

"先生，这些格言当然是暂时的，因为我的自学还没有完成。"

他用颤抖的手捧着小本子，十分激动：

"这里正好谈到绘画。您要是允许我念念，我就太高兴了。"

"请吧。"我说。

他念道：

"十八世纪所认为的真实，如今已无人相信。十八世纪所认为的杰作，难道我们必须欣赏吗？"

他用恳求的眼光看着我。

"您看怎样，先生？也许有点像悖论。我是想让自己的思想采取俏皮话的形式。"

"是的，我……我觉得很有意思。"

"您在别处见过吗？"

"没有，当然没有。"

"真的？哪里也没有见过？那么，先生，"他的脸色阴沉下来，"这就是说它不是真理，否则别人早想到了。"

"您等等，"我说，"我现在想起来了，好像在什么地方见过。"

他的眼睛亮了起来，他掏出铅笔，用精确的语调问我：

"是哪位作家？"

"是……是勒南。"

他欣喜若狂。

"您能给我那段精确的话吗？"他一边吮笔尖一边说。

"可您知道，我是很早以前看到的。"

"啊，没关系，没关系。"

他在小本上那条格言下方写上勒南的名字。

"我和勒南不谋而合。我用铅笔写他的名字，晚上再用红墨水描一遍。"他兴奋地解释说。

他入迷地瞧了一会儿小本，我等他继续念格言，他却谨慎地合上小本，塞进衣兜，大概想一次有这么多幸福就足够了。他用亲密的口吻说：

"时不时地这样倾心交谈，这可真是愉快的事啊。"

可以想象，这块砖头击碎了我们有气无力的谈话，接着便是长长的沉默。

两个年轻人进来以后，餐馆的气氛变了。那两位红皮肤的男人不再说话，放肆地端详迷人的女郎。高雅的先生放下报纸瞧着那对青年，露出欣赏甚至会意的神气。他在想老年是智慧，青年是美丽，他带着几分殷勤点点头。他知道自己仍然漂亮，风韵犹存，他那棕色的面孔和瘦高身材仍然有吸引力。他高兴地以慈父自居。女侍者的感情似乎更为单纯，她站在那对青年面前，目瞪口呆地瞧着。

他们在低声交谈。女侍者已经端上了冷盘，但他们根本没碰。我竖起耳朵，抓住谈话中的片言只语。女人的声音低哑而丰富，我听得更清楚。

"不，冉，不。"

"为什么？"年轻男人激动地说。

"我已经跟你说过了。"

"那不是理由。"

有几句话我没有听见，接着年轻女人做了一个可爱的手势表示厌烦：

"我尝试够了。我已经过了重新开始生活的年龄，我老了，你知道。"

年轻男人嘲讽地笑了。她又说：

"我承受过不止一次……失望。"

"应该有信心，瞧，你现在的样子，这不是生活。"

她叹了口气：

"我知道。"

"你瞧瞧热内特。"

"是呀。"她撇撇嘴说。

"可我,我觉得她做得很对,很有勇气。"

"你知道,"年轻女人说,"她是饥不择食。我告诉你,我要是愿意,这种机会有的是。我宁可等一等。"

"你做得对,"他温情地说,"这才等到了我。"

她也笑了:

"自命不凡!我可没这么说。"

我不再往下听了。他们使我不快。他们会在一起睡觉,这一点他们知道,他们每人都清楚对方知道这一点。然而,他们多么年轻、纯洁、端庄得体,他们都想保持对自己和对对方的尊重,爱情是一个富有诗意的大东西,受不得惊吓,他们每星期去几次舞会和餐馆,表演他们惯常的和机械的小小舞蹈……

总之,得消磨时间。他们年轻,身体好,还得这样过三十多年,所以他们不慌不忙,慢慢吞吞,他们没有错。等他们在一起睡过觉以后,他们就该寻找别的东西来掩饰存在的巨大荒谬性了。不过……必须对自己撒谎吗?

我用眼光扫视店堂。这是闹剧！这些人都万分严肃地坐在那里，他们在吃饭，不，不是吃饭，是在补充体力以完成所承担的任务。他们每人都有自己小小的顽念，因此看不到自己的存在。没有一个人不认为自己对某人或某事是必不可少的。自学者那天不是说过吗？"努萨皮埃写出这么广博的综论，谁也比不上他。"他们每人都做一件小事，做得比谁都在行。那位旅行推销员推销斯万牌牙膏，比谁都在行，这位有趣的年轻人在旁边女人的裙子下乱摸，比谁都在行。而我，我在他们中间，如果他们看我，他们一定想到我干我的事，比谁都在行。但是我知道。我看上去若无其事，但我知道我存在，我知道他们存在。如果我精通辩术，我会走去坐在那位漂亮的白发先生旁边，向他解释什么是存在，他会做出一副怪相，想到这副怪相我不禁大笑起来。自学者惊讶地看着我。我想打住，但不由自主，一直笑出了眼泪。

"您可真开心，先生。"自学者用审慎的口气说。

"这是因为我在想，"我笑着说，"我们这些人在这里吃饭喝酒，无非是为了保持我们珍贵的存在，不为其他任何东西，任何东西，没有任何存在的理由。"

自学者神情严肃起来,他在努力理解我的话。我的笑声太大,几个人转头看我。我后悔说了这么多话,其实这事与谁也没有关系。

"没有任何存在的理由……您大概是说,先生,生命没有目的吧?这不就是所谓的悲观主义吗?"

他又沉思片刻,然后缓缓地说:

"几年前,我读过一本美国人写的书《生命值得你活着吗?》①。这就是您对自己提的问题吧?"

当然不是,这不是我对自己提出的问题,但我不想解释。

自学者用安慰的口吻说:

"书的结论是提倡有意义的乐观主义。如果你愿意赋予生命意义,它就有了意义。首先得行动,投入一个事业。等你后来思考时,大局已定,你已经介入了。不知您怎么想,先生。"

"没有想法。"我说。

不如说我在想:这正是这位旅行推销员、这两位青年、这位白发先生经常欺骗自己的谎话。

---

① 《生命值得你活着吗?》,罗宾逊著,麦克米伦出版社,伦敦,1933。

自学者微微一笑，狡黠而又一本正经地说：

"这也是我的看法，我想我们不必老远去寻找生命的意义。"

"啊？"

"有一个目的，先生，有一个目的……有人。"

说得对，我刚才忘记他是人道主义者了。他沉默片刻，以便将半盘焖牛肉和一大片面包消灭掉，干净利落、毫不留情地消灭掉。"有人……"他刚刚描绘了自己，这位多情人。——是的，但是他说不清楚。他的眼睛里充满了心灵，这是无可辩驳的，然而这远远不够。从前我结交过一些巴黎的人道主义者，听他们说过上百次"有人"，但那是另外一回事。维尔冈是无与伦比的。他摘下眼镜，仿佛要赤身露体，用令人激动的眼光，沉重而疲惫的眼光盯着我，似乎要脱光我的衣服，好抓住我的人性本质，接着他便抑扬顿挫地喃喃说："有人，老朋友，有人。"他赋予"有"字一种笨拙的威力，仿佛他对人类的爱——永远是新的、惊奇的爱——因翅膀太大而行动不便。

自学者的表演还不到这种精湛程度。他的人类之爱是天真的、野蛮的，他是外省的人道主义者。

"人，"我对他说，"人……可您看上去并不十分关心人。您总是独自一人，总是埋头读书。"

他拍拍手，诡秘地笑了：

"您弄错了。啊，先生，请允许我对您说：您完全错了。"

他沉思片刻，然后谨慎地把话咽了下去。他的脸像曙光一样灿烂。在他身后，年轻女人轻快地大笑起来，她的男伴正朝她俯身，和她耳语。

"您弄错了，这也不奇怪，"自学者说，"我早该对您说……可我这人腼腆，先生，我一直在寻找机会。"

"这不就是机会吗？"我有礼貌地问。

"我看也是。我看也是。先生，我要对您说……"他脸红了，停了下来，"也许我使您厌烦了？"

我叫他放心。他高兴地叹了口气：

"不是每天都能遇见像您这样的人，先生，您思想深刻、视野开阔。好几个月以来我就想找您谈谈，向您解释我原来是什么样的人，变成了什么样的人……"

他的盘子空了，干干净净，仿佛刚刚给端上桌来。我突然发现，在我的盘子旁边有一个小锡盘，盛着一只泡在棕色汤汁里的鸡腿。必须把它吃掉。

"我刚才和您谈到我曾被囚禁在德国。一切正是从那里开始的。战前我是孤独的,但我并未意识到,我和父母生活在一起,他们是好人,但我们并不融洽。我现在想起那些年头……怎么能那样生活呢?那时我是死人,先生,而我不知道,我收集邮票。"

他看着我,换了话题:

"您脸色苍白,先生,您看上去很疲乏。我没有使您厌烦吧?"

"我很感兴趣。"

"战争来了,我莫名其妙地参了军,又懵懵懂懂待了两年,前线的生活不容你有许多思考,再者,士兵们都很粗俗。一九一七年年底,我当了俘虏。后来有人告诉我,很多士兵在被关押期间恢复了童年的信仰。"自学者接着说,眼皮垂了下来,垂在燃烧的瞳仁上,"先生,我不相信上帝,科学否定了上帝的存在。然而,在集中营里,我学会了相信人。"

"他们勇敢地承受命运。"

"是的,"他含混地说,"这也是原因之一。不过我们受到良好的待遇,但是我想说别的事。战争最后几个月,我们没有多少活干。下雨时,他们就把我们关进一个木板搭的大厂棚,差不多二百人挤在一起。他们锁上门,让我们待在里面,几乎漆黑一片,我们相互拥挤在一起。"

他迟疑片刻:

"我不知道怎样向您解释,先生,所有的人都在那里,你几乎看不见他们,但你感觉他们紧靠着你,你听见他们的呼吸……最初,有一次拥挤得厉害,我想我要闷死了,但是突然,一种强烈的欢乐在我心中升起,我几乎昏倒,于是我感到我爱这些人,他们像我的兄弟,我想亲吻他们所有的人。从这以后,每次我去都感到同样的欢乐。"

我该吃鸡,它大概凉了。自学者早已吃完,女侍者等在那里换盘子。

"那个厂棚在我眼中显得神圣。有时我躲过警卫的监视,独自溜进去,在阴暗中回忆曾经体验到的欢乐,堕入如痴如狂的状态。时间在流逝,而我毫不觉察,有时我还抽泣。"

我大概病了,否则无法解释这种使我不知所措的震怒。是的,这是病人的愤怒,我的手在颤抖,血涌上我的脸,最后我的嘴唇也哆嗦起来。所有这一切只是因为鸡是凉的,我也是凉的,而这是最难受的事,我是说很久很久以来,我的心就凉透了,冰冰冷。愤怒的旋风穿透了我,像战栗,又仿佛意识在与低温奋力抗争。这种努力毫无效果。我本可以莫名其妙地将自学者或女侍者揍一顿或骂一顿,但是那样一来我便不是完全参与游戏了。我的愤怒在表层上躁动,因此有一刻我十分难受,像是一团被火包着的冰——怪味蛋卷①。这种表层的躁动消失了,我又听见自学者说:

"那时每星期日我都去望弥撒。先生,我从来不信教,但是我可以说,弥撒的真正奥秘在于人与人的相通。有一位失去一只胳膊的法国神甫主持弥撒。那里还有一架风琴。我们脱帽站着听,风琴的声音使我激动,我感到和周围所有的人融为一体。啊,先生,我真喜欢那些弥撒。现在我有时星期日早上还去教堂,去回忆当初的情景。圣塞西尔教堂有一位卓越的管风琴师。"

"您大概常常回想这段生活吧?"

"是的,先生。一九一九年,我被释放。那几个月可是很难熬,我不知干什么好,一天天地消沉。只

---

① 挪威甜食,由冰激凌、杏仁蛋糕等构成,外热内冰。

要看见人们聚在一起，我就钻进去。"他笑笑又说，"有一次我居然跟在人群后面去送葬。有一天，我感到绝望，把我收藏的邮票扔进火里……但我找到了自己的道路。"

"真的？"

"有人劝我……先生，我知道您会为我保密的。我是——也许您不以为然，但您很豁达——我是社会主义者。"

他低下眼睛，长长的睫毛在眨动：

"一九二一年九月我加入了社会党，S. F. I. O.①，这就是我想告诉您的。"

他容光焕发，自豪地瞧着我。他仰着头，半闭着眼，半张着嘴，像一位殉道者。

我说：

"这很好，很美。"

"先生，我早知道您会赞成我。再说，一个人告诉您他是怎样安排生活的，他十分快乐，这时您怎能责备他呢？"

---

① S. F. I. O. ——工人国际法国支部。一九二〇年十二月在图尔大会上，社会党分裂，产生了法国共产党。——原编者注

他伸开双臂,手心朝着我,手指朝下,仿佛等待接受什么烙印。他的眼神呆滞,我看见一大块暗红色东西在他嘴里滚动。

"啊,"我说,"既然您快乐……"

"快乐?"他的眼光令我局促,他又抬起眉毛,严厉地看着我,"您可以判断,先生。在做出这个决定以前,我感到可怕的孤独,想到自杀。之所以没有自杀,是因为我想到没有任何人,绝对没有任何人,会为我的自杀感到惋惜,那么我死了比活着更孤独。"

他挺直身体,两颊鼓了起来:

"我不再孤独了,先生,永远不再孤独。"

"啊,您认识许多人?"我问。

他微微一笑,我立刻发现自己多么幼稚。

"我是说我不再感到孤独。当然,先生,这不是说我必须和谁在一起。"

"可是,"我说,"在社会党支部里……"

"啊!我认识那里所有的人,但大都只知道名字,先生,"他调皮地说,"难道必须以这种狭隘的方式去选择同伴吗?所有的人都是我的朋友。早上我去上班时,在我的前前后后都有人去上班。我看见他们，要是有勇气的话，我向他们微笑，我想我是社会主义者，他们都是我生活的目的，我努力的目的，而他们不知道。对我来说，这就是快乐，先生。"

他用眼光探询我，我点头赞同，但我感到他稍稍失望，他希望我更热情些。可我能怎样呢？在他的全部表白里，我看出他在模仿和引用别人的话，难道这是我的错吗？在他谈论时，我仿佛看见我见识过的所有人道主义者都再次出现，难道这是我的错吗？唉，人道主义者我可见得多了！激进的人道主义者是官员们的亲密朋友。所谓"左倾"的人道主义者一心要维护人性价值，他不属于任何派别，因为他不愿背叛人，但他同情卑微者，他那丰富的古典学识是献给卑微者的。他往往是一位鳏夫，蓝眼睛里噙满眼泪，每到周年纪念时必定要哭一场。他喜欢猫狗和一切高级哺乳动物。天主教人道主义者出现较晚，最年轻，总用赞叹不已的口吻谈论人。最微不足道的生命，伦敦码头工人的生命，缝鞋女工的生命都是多么美丽的神话呀，他说。他选择了天使的人道主义。为了启迪天使，他写出忧愁的、精彩的长篇小说，并经常获妇女文学奖。

这些都是大明星，还有其他种种人道主义者。哲学家——人道主义者像兄长一样关心弟弟们，并富有责任感；有的人道主义者爱的是现状中的人，有的人道主义者爱的是理想状态中的人；有的人道主义者在你的赞同下挽救你，有的人道主义者不顾你的反对挽救你；有的人道主义者想创造新神话，有的人道主义者满足于旧神话；有的人道主义者欣赏人的死亡，有的人道主义者欣赏人的生命；有的人道主义者总是快乐、诙谐，有的人道主义者总是愁眉苦脸，特别爱去守灵。他们都相互憎恨，当然是作为个体，而不是作为人。然而自学者不知道，他把人道主义者都关在自己身上，就像把几只猫装进一只皮袋里，它们在那里相互残杀，而他一无所知。

他看着我，显然不那么信心十足了。

"您的感觉和我不一样吗，先生？"

"我的天……"

面对他焦急不安、带几分埋怨的神气，刹那间我后悔不该使他失望。但是他又和蔼地说：

"我知道，您有您的研究，您的书，您以您自己的方式为同一事业服务。"

我的书，我的研究，这个傻瓜。这是他最大的蠢话。

"我写作不是为了这个。"

自学者突然变了脸,仿佛嗅出了敌人。我从未见过他这种表情。在我们中间有什么东西死了。

他假装惊奇地问?

"可是……如果不冒昧的话,您为什么写作,先生?"

"嗯……我不知道,就是这样,为写而写。"

他得意地笑了,觉得已经使我不知所措:

"如果是在荒岛上,您会写吗?写东西不总是为了被人读吗?"

出于习惯,他采用了疑问语式,实际上他是有看法的。他那个温和腼腆的表层龟裂了,我认不出他来。他的脸上露出一种笨拙的固执,这是一道自命不凡的墙。我还没有从惊奇中缓过来就听见他说:

"总得为点什么吧:为某个社会阶层写作,为某些朋友写作。好吧,也许您是为后代写作……总之,先生,不管您怎么想,您总是为了某个人写作的吧?"

他等待回答,见我不说话,便微微一笑:

"莫非您愤世嫉俗?"

我知道在这番虚假的调解口吻后隐藏着什么。实际上他对我要求不高，只要求我接受一个标签，但这是一个陷阱。如果我同意，自学者就占了上风，会马上包抄我，抓住我，超越我，因为人道主义将人的种种态度融合在一起。如果我正面反对他，就会上他的当，因为他是靠对立面生活的。有一种既固执又狭隘的人，一种无赖，他们每次都输给他。他对他们的暴力和极端行为进行消化，使之成为一种白色泡沫状的淋巴液。他消化过反理智主义、善恶二元论、神秘主义、悲观主义、无政府主义、自大癖，它们只是一些阶段，一些不完整的思想，它们只有在他那里才能找到解释。愤世嫉俗在这个大合唱中也占一席之地，它是整体和谐所必需的不谐和音。愤世嫉俗者是人，因此人道主义者在某种程度上也应是愤世嫉俗者，但他是科学的愤世嫉俗者，他善于掌握仇恨的分量，他最初恨人正是为了以后更爱人。

我不愿意被收编，也不愿意用我美丽的鲜血去养肥那个淋巴怪物。我不会犯傻地说我是"反人道主义者"。我不是人道主义者，仅此而已。

"我觉得既不该恨人也不该爱人。"我对他说。

他用保护者的冷淡眼光看着我，仿佛不在意地低声说：

"应该爱人，应该爱人……"

"爱谁？这里的这些人？"

"所有的人，包括他们。"

他转头看看青春焕发的那一对青年，这就应该是爱的。他对那位白发先生端详片刻，然后将目光移到我身上，脸上露出一种默默的疑问。我摇头表示"不"。他似乎怜悯我。我不快地说：

"您也一样，您并不爱他们。"

"是吗，先生？我能有不同的看法吗？"

他又变得毕恭毕敬，连指甲尖都毕恭毕敬，但他眼中含着嘲讽，仿佛觉得滑稽可笑。他恨我。我原不该同情这个怪人。我反过来问他：

"那么，您身后这两个年轻人，您爱他们？"

他又看看他们，想了一下，用怀疑的口气说：

"您是想让我说我不认识他们就爱他们。那好，先生，我承认，我不认识他们……"他自命不凡地笑了起来，"除非爱就是真正的认识。"

"可是您爱的是什么呢？"

"我看到他们年轻，我看到他们身上的青春，当然还有别的，先生。"

他停住,侧耳细听:

"您听清他们在说什么吗?"

当然清楚!年轻男子被四周的同情目光所激励,正兴奋地讲述他的足球队去年和勒阿弗尔俱乐部进行比赛,如何战胜了它。

"他在给她讲故事。"我对自学者说。

"啊!我听不清楚。但我听得见他们的声音,一个柔和,一个低沉,相互交替。这……这是很令人高兴的。"

"可是,很可惜,我还听见他们谈话的内容。"

"那又怎么样呢?"

"就是说,他们在演戏。"

"真的?也许是青年人的戏。"接着他讽刺地问道,"对不起,先生,我认为这种戏大有好处。演演戏就能再像他们那样年轻吗?"

我不理睬他的讽刺,继续说:

"您背朝他们,听不清他们的话……年轻女人的头发是什么颜色?"

他发窘:

"哦,我……"他斜睨了年轻人一眼,恢复了自信,说:

"黑色。"

"您看出来了吧!"

"怎么?"

"您看出来您并不爱这两个人。走在街上您也许认不出他们。对您来说他们只是象征。使您动情的根本不是他们,而是人的青春,男人和女人的爱情,人的声音。"

"那又怎么样呢?它们不存在吗?"

"当然不存在,无论是青春、中年、老年,还是死亡……"

自学者的脸像木瓜一样又黄又硬,凝定在一种斥责性的痉挛状态。但是我继续说:

"就拿您身后这位喝矿泉水的老先生来说吧。我想您爱他是因为他成熟,他勇敢地走向自己的衰亡,而且衣着整齐,不肯马马虎虎。"

"一点不错。"他挑战似的说。

"您看不出这是个坏蛋吗?"

他笑了,认为我太冒失,朝那张白发下的漂亮面孔迅速看了一眼:

"不过,先生,即使他看上去像您说的那样,您也不能以貌取人吧？面孔在休息时是不表达任何东西的，先生。"

盲目的人道主义者！这张脸是如此富有表情，如此清晰，然而人道主义者温情而抽象的心灵是从来不被面孔的含意所触动的。

"您怎么能截住一个人，"自学者说，"怎么能说他是这样或是那样呢？谁能洞察一个人？谁能了解一个人的全部潜力？"

洞察？我向天主教人道主义致敬，自学者从它那里借取了这种说法，自己还不知道。

我说：

"我知道，我知道所有的人都是值得赞美的。您值得赞美。我值得赞美。当然啦，是作为上帝的创造物。"

他不明白地瞧着我，浅浅地微笑说：

"您这是开玩笑吧，先生？不过，的确，所有的人都有权受到我们的赞美。做人是很难很难的，先生。"

他在不知不觉中离开了基督体现的人类之爱。他摇摇头，出于一种奇怪的模仿现象，他与那个可怜的冉·凯厄诺①十分相似。

"对不起,"我说,"那么我不敢肯定我是人了,因为我从不觉得做人难,我觉得只要随意就行了。"

他坦率地笑了,但是眼神仍然不快:

"您太谦虚了,先生。要承受您的处境,人类的处境,您和大家一样,需要很大的勇气。先生,即将到来的时刻可能是您的死期,您知道这一点,您还能够微笑,瞧,这不是值得赞美吗?在您最微不足道的行为中,"他尖刻地说,"都有无限的英雄气概。"

"什么甜点,先生?"女侍者问。

自学者面色煞白,眼皮半搭在石头般的眼珠上。他做了一个小小的手势,好像请我挑选。

"奶酪。"我怀着英雄气概说。

"先生呢?"

他吓了一跳:

"嗯?哦,哦,我什么也不要,我吃完了。"

"路易丝!"

那两个胖子付完账往外走。其中一人是瘸腿。老

---

① 冉·凯厄诺(1890—1978),法国作家,法兰西学院院士,曾在作品中描写本人自学成才的经历及对资产阶级文化修养的追求。——原编者注

板送他们到门口，因为这是重要顾客，餐厅刚才用冰桶给他们送上一瓶葡萄酒。

我带着几分歉意瞧着自学者。整个星期他都在快活地想象这次午餐，他将和另一个人谈论他的人类之爱了。他很少有机会与人交谈，而我却使他十分扫兴。其实他和我一样孤独，没有人关心他。只是他意识不到自己的孤独罢了。就是这样。但是，不该由我来让他睁开眼睛。我感到很不自在，火气大，不错，但针对的不是他，而是维尔冈之流及其他人，针对所有那些毒害了这个可怜的头脑的人。如果他们在这里，在我面前，我会好好教训他们一番。然而，对自学者，我什么也不说，对于他我只感到同情。他像阿希尔先生一样，是我这边的人，只是出于无知、出于善良而叛变了！

自学者的笑声使我从忧郁的遐想中惊醒。

"请原谅。我想到我对人们的深深的爱，想到我对他们的强烈的激情，但我们在这里一个劲地争论，辩论……我真想大笑。"

我不说话，勉强笑笑。女侍者将一只盘子放在我面前，盘中有一小块像白垩一样的奶酪。我环顾店堂，感到一阵剧烈的恶心。我在这里干什么？我为什么多管闲事讨论什么人道主义？这些人为什么在这里？他们为什么吃饭？当然，他们不知道他们存在。我想走，想去什么地方，找到我的位置，嵌进去……然而哪里也没有我的位置，我是多余的人。

自学者的态度温和了下来。他原本怕我做出更强烈的反驳。他愿意将我说的话一笔勾销。他朝我俯身，用秘密的口吻说：

"其实，先生，您爱他们，像我爱他们一样，只是用词不同而已。"

我再也说不出话来，我低下头。自学者的脸紧挨着我的脸。他在自命不凡地笑，紧挨着我的脸，像在噩梦中一样。我艰难地咀嚼一片面包，迟迟不咽下去。人。应该爱人。人是值得赞美的。我想呕吐，突然，它来了，恶心。

一次大发作，我从头到脚都在战栗。一小时前我就看见它逼近，但我不愿意向自己承认。嘴里的奶酪味……自学者在喋喋不休，他的声音在我耳边轻轻鸣响，但我不知他在说什么，只是机械地点头。我的手抓住甜点刀的刀柄。我感觉到这个黑色木柄。是我的手在拿着它。我的手。我个人宁愿不碰这把刀，为什么总是触碰物体呢？物体不是用来让人触碰的。最好是在物体中间滑动，尽量少碰他们。有时你用手拿起一个物体，那就应该尽快放掉它。小刀跌落在盘子上。白发先生听见响声吓了一跳，瞧瞧我。我拾起刀，将刀锋压在桌面上，使它弯曲。

那么说，这个令人目眩的事实，就是恶心了。我绞过多少脑汁，写过多少东西！现在我知道：我存在——世界存在——我知道世界存在。这是一切，但对我无关紧要。奇怪的是一切对我如此无关紧要，它使我害怕。从我想打水漂的那个特别日子起就是这样。当时我正准备扔石子，我瞧瞧石子，于是一切便开始了：我感到石子存在。在这以后还有其他几次恶心。物体起初不时地在我手中存在。有铁路之家的那一次，在它以前，还有夜间从窗口往外看的那一次，然后还有星期日在公园的那一次，然后还有别的。然而哪一次都不如今天强烈。

"……古罗马，先生？"

自学者大概在向我提问。我朝他转身，对他微笑。哦！他怎么了？为什么缩在椅子上？我使他害怕？其实终究会是这样。再说，我对这也无所谓。他们害怕并非毫无道理，因为我感到我什么都干得出来，比方说将奶酪刀插进自学者的眼睛。那样一来，所有的人都会来踢踩我，用鞋子敲掉我的牙。但这并不能阻止我，嘴里是血味而不是奶酪味，其实这并无区别。但是我必须做一个动作，制造一个多余的事件——自学者会惊呼一声，那一声也是多余的——于是他脸上流着血，所有这些人都会惊跳起来。有许多事就是这样存在的。

大家都看着我，那两位青春的代表中断了情话。女的噘着嘴。但他们肯定看出我是不会伤害人的。

我站起来，周围的一切都在旋转。自学者睁大眼睛瞪着我，我是不会扎破他的眼睛的。

"您这就走？"他喃喃说。

"我有点累了。谢谢您邀请了我。再见吧。"

离去时，我发觉左手还握着奶酪刀。我把刀扔到盘子上，盘子咣当一响。我在一片寂静中穿过店堂。他们不吃了，瞧着我，食欲也没有了。如果我朝那位年轻女人走去，对她说"喏！"，她准会跳起来。不过这犯不着。

然而，出门以前，我还是转过身，让他们看看我的脸，好终生不忘。

"再见，先生太太们。"

他们不回答。我走了。现在他们脸上该恢复了血色，他们该开始议论了。

我不知道去哪里，直直地站在那个厨师模型旁边。我不用回头便知道他们在玻璃窗后面看我，他们既惊讶又厌恶地瞧着我的后背。他们原以为我和他们一样，也是人，但我欺骗了他们。突然间我失去了人的外形，于是他们看见一只螃蟹，螃蟹后退着逃离如此富有人性的店堂。现在闯入者在被揭露后逃走了，会议继续进行。我感到背后麇集着这么多双眼睛和这么多惊慌失措的思想，我十分不快。我穿过马路，走到对面那条沿着海滩和更衣室延伸的人行道上。

有许多人在海边散步，他们那春天般的、诗意的面孔朝向大海。在阳光下，他们高高兴兴。一些女人穿上了浅色的、去年的春装，她们修长洁白，像是上了光的山羊皮手套。还有些中学的、商业学校的大男孩，此外还有戴着勋章的老头。他们互不相识，却心照不宣地相互注视，因为天气晴朗，因为他们是人。在宣战的日子，人们相互拥抱，虽然互不相识；在春天，他们相互微笑。一位神甫读着祈祷书慢步走来。他不时地抬头，用赞赏的眼光看看海，因为大海也是一本祈祷书，它在讲述上帝。轻快的色彩、轻微的芳香、春天的灵魂。"天气晴朗，海是绿的，我喜欢这种干冷，不喜欢潮湿。"这些诗人！如果我抓住他们之中一人的大衣，对他说："来帮帮我。"他会想："这只螃蟹是怎么回事？"于是丢下大衣逃之夭夭。

我背朝他们，两手扶着栏杆。真正的海又冷又黑，充满了动物。海在这薄薄一层蓝色下蠕动，蓝色是用来骗人的。我周围的精灵们上了当，他们只看见那薄薄的表层，是这个表层证明了上帝的存在。而我，我却看见了下面！光泽消失了，一片片润滑闪光的表皮，仁慈上帝的娇艳表皮，在我的注视下，发出爆裂声，裂开了，微微张着嘴。圣埃莱米尔的有轨电车来了，我旋转了一下，物体也随我旋转，它们像牡蛎一样苍白发绿。我跳上车，其实大可不必，大可不必，因为我哪里也不去。

车窗外闪过一些僵直硬挺的东西，一阵一阵地，它们发蓝，有人，有墙。一座房屋开着窗，露出黑黑的心脏。玻璃窗使一切黑色变浅发蓝。这座黄砖的住宅大楼也发蓝，它向我逼近，犹豫着，战栗着，突然又耷拉着脑袋停住了。一位先生上车，在我对面坐下。黄楼又动起来，一下子紧挨着玻璃窗，离得那么近，以致我只能看见局部，它暗了下来。楼房又升高了，其高无比，楼顶看不见了，几百扇开着的窗户露出黑黑的心脏。楼房沿着电车延伸，与之摩擦。颤抖的车窗之间是一片黑暗。楼房像泥土一样黄，没完没了地延伸，而车窗外现在是天蓝色。突然间，楼房消失了，留在了后面，于是一种强烈的灰色光线侵入车厢，而且以一种必然的公正方式四处蔓延。这是天空。透过车窗可以看见层层叠叠的天空，因为电车爬上了埃利法尔山冈，两面都看得清楚，右面一直看到大海，左面一直看到机场。禁止抽烟，哪怕是茨冈女人牌香烟。

我的手搭在长椅上，但又急忙抽回，因为它存在。我坐着的这个东西，刚才用手扶着的这个东西，叫作软垫长椅。他们制造它就是为了让人坐的，他们拿了皮革、弹簧、织物，开始工作，目的是做一张椅子，等他们完工以后，做成的就是它。他们把它搬到这里，搬到这个车厢里，车厢此刻在行进，在颠簸，车窗在颤动，车里载着这个东西。我喃喃说："这是一张长椅。"仿佛在念咒驱邪。然而这个词停留在我唇边，不肯去栖息在物体上。它仍然是原样，有着红绒毛，几千个红色小爪朝上竖着，像僵死的小爪一样直挺挺的。这个硕大的肚皮仰天待在那里，血红色，鼓鼓的，肿胀的，上面净是僵死的小爪。这个肚皮在车厢里，在灰色光线里飘浮。它不是长椅，它完全可以是一头死驴，死驴被水泡胀，在一条泛滥的灰色大河里肚皮朝天随水漂流，而我呢，我可能坐在死驴的肚皮上，两脚泡在清水里。物体摆脱了它们的名字。物体在那里，怪诞、固执、硕大，我称它为长椅，或者说点关于它的什么事，都显得愚蠢。我在物体中间，无以名之的物体中间。我独自一人，没有语言，没有防卫，物体包围我，在我上下前后，它们并无要求，并不强加于人，它们在那里。在长椅的靠垫下，紧靠着大隔板，有一条细细的暗线，一条细细的黑线，它沿着长椅延伸，显得神秘与调皮，几乎像微笑。我很清楚这不是微笑，但是它存在，它在发白的玻璃窗下，在叮当作响的玻璃窗下延伸，它顽固地在那些停停走走、在窗外驰过的蓝色图像下延伸，它很顽固，就像是对微笑的模糊回忆，就像是你已忘记一半，只记得第一个音节的字。最好的办法是移开视线，去想别的事，想这位在你对面半卧在长椅上的男人。他长着陶土般的脑袋和蓝眼睛。他的整个右半身下斜，右臂贴着身体，右侧勉强活着，艰难地、吝啬地活着，仿佛瘫痪了。然而整个左半身有一个小小的寄生性生命，它在繁殖，像毒瘤。手臂颤抖起来，随后便举起，手臂末端的手僵直不动，后来手也颤抖起来，举到头的高度时，一个手指伸了出来，开始用指甲搔头皮。右半边嘴出现了心满意足的鬼脸，而左半边嘴仍然是僵死的。窗玻璃在抖动，手臂在抖动，指甲在搔、搔，嘴巴在笑，眼睛凝滞；这个人在不知不觉中承受了这个小小的存在，它为他的右半身充气，借用他的右臂和右脸以实现自我。售票员挡住我的路：

"您等车到站。"

但是我推开他跳下电车。我受不住了。我再无法容忍物体离我这么近。我推开一扇铁栅门，走了进去，一些轻巧的生命一下子跳了起来，高栖在枝头。现在我认出来了，我知道这是什么地方了，这是公园。我跌坐在一张长凳上，周围是黑色的大树干，是伸向天空的、黑色多结的手。一棵树用黑指甲抓搔我脚下的土地。我多么想放松一下，忘记自己，睡一觉，但我做不到，我透不过气来，因为存在从四面八方钻进我身体，通过眼睛、鼻子、嘴……

突然一下子，面纱撕开了。我明白了，我看到了。

晚上六点钟

我不能说自己感到轻松或满意,相反,我不堪重负,但是我的目的达到了。我知道了我一直想知道的东西。自一月份起在我身上发生的一切,我都明白了。恶心从未离开我,我看它也不会很快离开我,但是我不再忍受它,它不再是疾病或阵咳,它是我。

刚才我在公园里。栗树树根深深扎入土中,恰巧在我的长椅下面。当时我记不起那是树根。字眼已经消失,与之一同消失的是物体的含意、用途以及人们在它的表皮上划出的浅浅标记。我坐在那里,低着头,微微弓着背,单独面对这个黝黑多结、完全野性的庞然大物,它使我害怕。于是我得到了启迪。

我喘不过气来。就在不久以前,我还未预感到"存在"意味着什么。我像别人一样,像那些穿着春装在海边散步的人一样,像他们一样说:"海是绿的,空中那个白点是海鸥。"但是我并不感到它存在,并不感到那只海鸥是"存在的海鸥"。一般说来,存在是隐藏着的。它在那里,在我们周围,在我们身上,它就是我们。人们说话必定要谈到它,但是触摸不到它。我自以为想到它,其实什么也没想到,脑子空空的,或者脑子里只有一个字——"存在"。

要不我就想……怎么说呢？我想到属性，我对自己说，海属于绿色物体，或者绿色是海的一种属性。即使我瞧着物体时，我也从未想到它存在，因为在我眼中它是布景。我将它拿在手中，将它当作工具，我预见到它的抗力，但这一切都发生在表层。如果有人问我存在是什么，我会诚心诚意地回答说它什么也不是，仅仅是一种空洞的形式，这形式是从外面加在事物上的，它丝毫不改变事物的本质。但是突然间，它在这里，像白日一样清楚；存在突然露出真面目。它那属于抽象范畴的无害姿态消失了，它就是事物的原料本身，这个树根正是在存在中揉成的。或者说，树根、公园的铁栅门、长椅、草坪上稀疏的绿草，这一切都消失了。物体的多样性、物体的特征，仅仅是表象，是一层清漆。这层漆融化了，只剩下几大块奇形怪状的、混乱不堪的、软塌塌的东西，而且裸露着，令人恐惧地、猥亵地裸露着。

我小心翼翼地一动不动。但是我不用动就能看见树木后面的蓝柱石和音乐亭的路灯，还有月桂树丛中的韦莱达石像。所有这一切……怎么说呢？使我不舒服。我真希望它们的存在不那么强烈，而是比较冷漠、抽象、克制。栗树紧靠在我眼前，整个下半截被绿锈覆盖，黝黑、肿胀的树皮像是煮硬的牛皮。马斯克雷水泉的潺潺水声溜进我耳朵，在里面筑巢，使我耳中充满了叹息，我的鼻孔里充塞着一种绿色的、腐败的气味。一切东西都慢慢地、柔和地随意存在，就像那些疲惫的女人尽情大笑一样，她们说："笑笑多好。"而她们从前相互卖弄，相互卑下地倾诉自己的存在。我明白，在不存在和痴狂的满盈之间是没有折中的。如果存在，就必须存在到这个程度，直至发霉、肿胀、猥亵。在另一个世界里，圆圈、乐曲，都有它们纯净、严格的线条。然而，存在是一种弯曲。树木、深蓝色的柱石、泉水愉快的喘息、生动的气味、飘浮在冷空气中的薄薄的热雾。在长椅上试图消化的红发男人，所有这些半睡眠和消化状态，合在一起，提供了一个泛泛的滑稽景象。滑稽……不，还不到这个程度，凡是存在的东西都不可能是滑稽的，只是与某些通俗笑剧的情景有着某种飘浮不定、难以捉摸的相似罢了。我们是一群局促的存在者，对我们自己感到困惑，我们之中谁也没有理由在这里；每个存在者都感到不安和泛泛的惶惑，觉得对别人来说自己是多余的人。多余的，这便是我能在这些树木、铁栅、石子之间建立的唯一关系。我试图数数栗树，将它们与韦莱达石像的距离定位，将它们的高度与悬铃木的高度相比，但是我没有成功，因为每株栗树都逃脱我想用来禁锢它的关系，它孤立出来，超越禁锢。至于这些关系（我坚持维护它们，从延缓人类世界的崩溃，延缓衡量、数量、方向的崩溃），我感到它们的任意性。它们不再咬啮物体。多余的，在我前面稍稍偏左的那棵栗树。多余的，韦莱达石像……

还有我——懦弱无力、猥亵、处于消化状态、摇晃着郁闷的思想——我也是多余的。幸亏我没有感觉到，但我明白这一点，我之所以不自在是因为我害怕感觉到（就是现在我也仍然害怕，怕它从我脑后抓住我，像海底巨浪一般将我托起）。我模糊地梦想除掉自己，至少消灭一个多余的存在。然而，就连我的死亡也会是多余的；我的尸体，我的血，在这些石子上，在这些植物中间，在这个笑吟吟的公园深处，也会是多余的；腐烂的肉体在接纳它的泥土里也会是多余的；我的骨头，经过洗濯、去污，最终像牙齿一样干净清爽，但也会是多余的。我永生永世是多余的。

荒谬这个词此刻在我笔下诞生了。刚才在公园里我没有找到它，不过我也没有去寻找，没有必要，因为当时我不是用字词来思想，而是用物体来思考物体。荒谬不是我脑中的一个念头，也不是一种声音，而是我脚下的这条长长的死蛇，木蛇。是蛇还是爪子还是树根还是秃鹫爪，这都没有关系。我没有形成明确的语言，但我明白自己找到了存在的关键、我的恶心及我自己生命的关键。确实，后来我所能抓住的一切都归结为这个基本的荒谬。荒谬，又是一个词，此刻我与字词搏斗，而那时我触及物体。但是，我想在此确定荒谬的绝对性。在涂上色彩的、人的小世界里，一个动作，一个事件，其荒谬性永远只是相对的，就当时的环境而言。例如疯子的胡话，它的荒谬是就他当时的处境而言，而不是就呓语本身而言。而我刚才经历了绝对，绝对或者荒谬。那个树根，它对什么而言是荒谬的呢？没有任何东西。啊！我怎样才能用语言将它确定下来呢？荒谬，对石子、干泥、一簇黄草而言，对树、天、绿色长椅而言。荒谬是无法还原的，什么也无法解释它——包括大自然深沉和隐秘的谵妄。当然，我并非无所不知，我没有见过胚芽发育，也没有见过树木生长。然而，面对这个粗糙的大脚爪，无知还是有知已无关紧要，因为加以说明的世界和理性的世界并非存在的世界。圆不是荒谬的，一段直线围绕本身的一端旋转，这便清清楚楚地解释了圆，但圆是不存在的。相反，这个树根，我无法解释它，但它存在。它有许多结疤，它没有生气，没有名字，它迷惑我，占据我的眼睛，不断将我引向它本身的存在。我重复说："这是树根。"但无济于事，不起作用。我看出来：无法从它作为根部、作为抽水泵的功能过渡到那个，过渡到它海豹般坚硬厚实的皮，过渡到它那油光光的、有老茧的、固执的外貌。功能解释不了任何东西。它使你大致了解什么是树根，但不是这个树根。这个树根有它的颜色、形状、固定的姿势，它是……低于任何解释。它的每个品质都稍稍脱离它，流到它外面，半凝固起来，几乎成为物体；每个品质在树根里都是多余的，而整个树根现在也仿佛在稍稍脱离自身，自我否定，消失在一种奇异的极端中。我用鞋跟去刮这个黑爪，我真想刮去一点皮，不为什么，只是为了挑战，只是为了在它棕褐色的树皮上出现荒谬的浅红色伤痕，只是为了与世界的荒谬性开玩笑。然而，当我缩回脚时，我看到树皮仍然是黑色。

　　黑色？我感到这个词在飞速地瘪下去，丧失意义。黑色？树根不是黑色，这棵树上没有黑色……这是……别的东西。黑色，正如圆一样，是不存在的。我瞧着树根，它是超乎黑还是近似黑呢？但是我很快就不自问了，因为我感到我是在熟悉的国度。是的，我已经惴惴不安地探测过一些无以名之的物体，我已经试图——徒劳无益地——对它们有些想法，但我也感到它们那冷冷的、无生气的品质在逃遁，在我手中溜掉。那天晚上，在铁路之家，阿道尔夫的背带不是紫色的。我又看见他衬衣上那两个难以确定的斑点。还有那块小卵石，引起这整个故事的那块不寻常的卵石，它不是……我记不清它拒绝什么，但是我没有忘记它的消极抵抗。还有自学者的手，有一天，在图书馆里，我抓住它，紧握它，我感到它不完全是手，我想到一条白色的大软虫，但它也不是软虫。还有马布利咖啡馆的那只杯子，它具有暧昧的透明性。暧昧、声音、气味、味道，莫不如此。当它们像被人追逐的野兔从你鼻子下面飞快跑过，而你又不太留意时，你可能认为它们很简单，令人放心，你可能认为世上有真正的蓝色，真正的红色，真正的杏仁或堇菜的气味。可是，一旦你留住它们片刻，这种舒适的安全感便被一种深深的不安所取代，因为颜色、味道、气味从来不是真正的，从来不规规矩矩地只是它们本身——仅仅是它们本身。最单纯、最难以分解的品质，它本身也有多余的东西——对它本身而言，在它内部。我脚旁的这个黑色仿佛不是黑色，而是某人对黑色的模糊想象，他可能从未见过黑色，却又不知就此止步，而是想象一种超出颜色的、含糊不清的存在。它像颜色，但也像……伤痕，或者分泌物，或者羊脂，或者别的东西，例如气味；它融为湿土的气味，温湿木头的气味，像漆一样罩在这多结的树木上的黑色气味，还有咀嚼纤维的甜味。我不仅仅看见这个黑色。视觉是一种抽象发明，是一种清洗过的简单化概念，人的概念。这个软弱而无个性的黑色大大超过了视觉、嗅觉和味觉。然而，这种丰富性转变为混杂性，过多最后成为虚无。

这是奇异的时刻。我在那里，一动不动，浑身冰凉，处于一种可怕的迷醉状态。然而，就在这种迷醉中，某个新东西刚刚显现，我理解了恶心，我掌握了它，其实当时我无法表述这个发现，但是，现在，用文字来表述它大概是轻而易举的了。关键是偶然性。我的意思是，从定义上说，存在并非必然性。存在就是在那里，很简单，存在物出现，被遇见，但是绝不能对它们进行推断。我想有些人是明白这一点的，但他们极力克服这种偶然性，臆想一个必然的、自成动机的存在，其实任何必然的存在都无法解释存在。偶然性不是伪装，不是可以排除的表象，它是绝对，因此就是完美的无动机。一切都无动机，这个公园，这座城市，我自己。当你意识到这一点时，你感到恶心，于是一切都飘浮起来，就像那天晚上在铁路之家一样。这就是恶心，这就是那些坏蛋——绿冈及其他地方的坏蛋——试图用权利的思想对自己掩饰的。但这是多么可怜的谎言！谁也没有权利，他们和别人一样也是完全无动机，因此他们无法不感到自己是多余的人，而且，在他们内心，隐秘地，他们是多余的，也就是说朦胧的、不确切的、忧愁的。

这种痴迷状态持续了多久。我是栗树根。或者说我完全是它存在的意识。我独立于它——既然我有意识——但我消失在它身上，我就是它。意识局促不安，但是它以全部重量悬伸在这根没有生气的木头之上。时间停止了，我脚下有一小摊黑水。在这个时刻之后不可能有任何东西。我很想从这可怕的享受中脱身，但这甚至是无法想象的，因为我在它里面。黑树根在那里，在我眼睛里，它下不去，就像一大块东西卡在喉咙里。我既无法接受也无法拒绝它。我费了多大劲才抬起眼睛？我抬眼了吗？也许是在自我消灭片刻以后，我才仰起头、抬起眼，死而复生？事实上，我没有意识到过渡。但是，突然间，我不可能再想树根的存在了。树根消失了，我徒劳地重复说：它存在，它还在那里，在长椅下，在我的右脚边，但这些话再没有任何意义。存在这个东西不是由你在远处想的，它必须猛然侵入你，在你身上扎下来，像静止的大动物一样沉甸甸地压在你心头——要不就什么也不再有。

什么也不再有了，我的眼睛是空的，我高兴得到了解脱，但是突然，我眼前晃动了起来，轻微的、迟疑的晃动，因为风吹动了树梢。

我看到有东西在动，并不因此不快，换换口味也不错，因为我一直在看那些一动不动、像眼睛一样死死盯住我的东西。我看着树枝摆动，心里想：运动从不完全存在，它是两种存在之间的过渡，中间阶段，音乐中的弱拍，我即将看到存在从虚无中诞生，逐渐成熟，充分发展，我终于能看到诞生中的存在了。

但是，不到三秒钟，我的希望被一扫而光。在那些迟疑不决的、像盲人一样在四周摸索的树枝上，我找不到向存在的"过渡"。过渡这个概念，是人的又一个发明。这个概念过于明确。所有这些小小的晃动都是孤立的，是为它们自己而发生的。晃动从四面八方包抄大小树枝，围着这些干瘪的手旋转，用小小的旋风覆盖它们。当然，运动不是树，但运动也是一种绝对。一个物体。我的眼睛遇到的都是满盈。树枝梢头充满了存在，这种存在不停地更新，但永不诞生。风——存在物过来栖息在树上，像一只苍蝇，于是树战栗起来，但战栗并非诞生中的品质，并非从潜能到行动的过渡，它是物体。物体——战栗溜进树里，控制树，摇晃树，又突然放弃它，去更远的地方旋转。一切都是满盈，一切都是行动，没有弱拍，一切，就连最难以觉察的跳动，都是用存在构成的。而所有这些围着树打转的存在物，不来自任何地方，也不去任何地方。突然之间，它们存在，突然之间，它们不再存在。存在是没有记忆的，对已逝者它不保留任何东西，哪怕是回忆。存在无所不在，无限的，多余的，时时处处——存在永远只被存在所限制。我待在长椅上，惊愕不已，被这么多无根无源的存在弄得晕头转向，因为四处都是开放、繁盛，存在使我的耳朵嗡嗡作响，连我的肉体都在颤动、绽开，汇入万物的萌芽状态，这令我厌恶。我想道："为什么有这么多存在，既然它们都很相似?"为什么有这么多同样的树?这么多的存在,它们失败了又固执地重新开始,然后又失败——就像一只仰翻在地的昆虫在笨拙地挣扎(我就是这样挣扎)。这种丰富并不使你感到它的慷慨大方,相反,它是郁闷的、软弱的,对它自己一筹莫展。这些树,这些高大笨拙的物体……我笑了起来,因为我突然想起书本上描写的美妙的春天,那是充满噼啪声、爆裂声,花木茂盛的美景。有些傻瓜走来和你谈权力意志和生存竞争。难道他们从未观察过一只动物或一棵树?这株有斑秃的悬铃木,那株半腐烂的橡树,有人还想让我把它们看作是向天空冲刺的、顽强的青春力量?还有这个树根,难道我该把它看作是撕裂大地,与它争食的贪婪的爪子?

不可能以这种方式来看待物体。软弱、无力,不错,树在飘浮。向天空冲刺?不如说精疲力竭。时时刻刻我都准备看到树干像疲惫的阴茎一样皱叠、萎缩,倒在地上,成为布满褶子的、黑黑的、软软的一摊。它们不愿意存在,但无能为力,就是这样。于是它们慢慢吞吞、无精打采地为自己打点饭菜;树液缓缓地、无可奈何地在导管里上升,树根缓缓地深入土中,但它们无时无刻不想抛下这一切,无时无刻不想消失。它们疲惫、衰老，但是仍然无可奈何地存在，因为它们太软弱，不会死，因为死亡只能来自外界。只有乐曲能够高傲地负载本身的死亡——作为内在的必然性，但是乐曲并不存在。一切存在物都是毫无道理地出生，因软弱而延续，因偶然而死亡。我向后靠着，闭上眼睛。但是形象立刻警觉起来，跳将起来，使我合着的双眼里充满了存在，因为存在是一种满盈，人无法脱离它。

奇怪的形象。它们表现了大量的物体，不是真正的物体，而是与之相似的其他物体。有些木头东西像椅子，像木屐，还有些东西像植物，然后还有两张脸，那是在某个星期日下午在韦兹利兹餐馆吃饭的那一对。他们离我不远、胖胖的、热热的、充满肉欲的、荒唐的、耳朵红红的。我看见那女人的肩头和胸部。赤裸的存在。这两个人——突然使我厌恶——这两个人继续存在，在布维尔的某个地方，某个地方——在什么样的气味中？那个温柔的胸部继续与凉爽的织物摩擦，继续缩在花边下，而那个女人继续感到胸脯存在于胸衣内，继续想："我的乳房，我漂亮的果实"，继续神秘地微笑，关注使她感到舒服的、丰腴的乳房，我叫了起来，眼睛又睁得大大的。

这个巨大的存在，是我梦见的吗？它在那里，压在公园上，滚落在树木中，软软的，厚厚的，把一切都粘住了，像果酱。而我，我和整个公园都在它里面？我害怕，但更感到愤怒，我觉得这很愚蠢，很不合适，我恨这极其讨厌的果酱。可它多的是！多的是！它一直升上天空，四处蔓延，用它衰竭的胶状体充斥一切，我看见它的深渊，深渊，比公园的边界，比房屋，比布维尔还远得多；我不再在布维尔了，我哪里也不在，我在飘浮。我不惊奇，我知道这是世界，突然显现的、赤裸裸的世界，对这个巨大而荒谬的存在，我愤怒得喘不过气来。你甚至无法想这一切是从哪里来的，怎么会存在一个世界，而不是虚无。这毫无道理。前前、后后，无处没有世界。而在世界之前却什么也没有。什么也没有。不曾有过它不存在的时刻。这一点着实令我气恼，因为这个流动的幼体，它没有任何理由存在，但它又不可能不存在。这是无法设想的！我想象虚无，但我已经在这里，在世界上，睁大眼睛，活着。虚无只是我脑中的一个概念，一个存在的、在无限中飘浮的概念。这个虚无并非在存在之前来的，它也是一种存在，出现在其他许多存在之后。我喊道："脏货！脏货！"我晃动身体，想抖掉这些黏糊糊的脏货，但是抖不掉，它们是那么多，成吨成吨的，无边无际。我处在这个巨大的烦恼深处透不过气来。但是，突然间，公园变得空空的，仿佛落进了一个大洞，世界像出现时那样骤然消失，或者说我醒过来——总之我再看不见它了。我四周是黄黄的土，从土里向空中伸出枯树枝。

我站起身往外走。来到铁栅门时我回头看看。公园对我微笑。我靠在铁栅门上久久地注视。树木的微笑，丹桂树丛的微笑，它意味着什么。这是存在的真正奥秘。我想起不到三星期前的一个星期日，我曾经在物体上看到会意的神情。这个微笑是针对我的吗？我烦躁地感到没有办法理解。没有任何办法。然而，它在那里，在等待，像是目光。在那里，在栗树树干上……它就是那棵栗树。物体仿佛是中途停下的思想，它忘了自己，忘了原来的想法，无所事事地待在那里，带着它也不明白的、古怪的、小小的含意。这小小的含意使我不快。即使我靠着铁栅门待上一百零七年，我也无法理解它。关于存在，我学到了我所能知道的一切。我走了，回到旅馆，于是写下了这些。

夜

我作了决定。既然我不再写书,就没有理由继续留在布维尔。我将去住在巴黎。星期五我乘五点钟的火车,星期六我将见到安妮。我想我们会在一起过几天。然后我再回来了结一些事,收拾行李。最迟在三月一日,我将在巴黎定居。

星期五

在铁路之家。我的火车再过二十分钟就要开了。唱机。强烈的奇遇感。

星期六

安妮来给我开门,她穿着黑色的长裙。当然她不向我伸手,也不向我问好。我的右手一直插在大衣口袋里。为了避免客套话,她用一种赌气的声音很快地说:

"进来,随便坐,可别坐靠窗的那张安乐椅。"

这是她,的确是她。她垂着两臂,闷闷不乐,那神气从前使她像一个青春期的小姑娘,但现在她不像小姑娘了。她胖了,胸部丰满。

她关上门,用沉思的口吻自言自语:

"我不知道是不是坐在床上……"

最后,她在一个铺着垫子的大箱子上坐了下来。她的举止与从前不同,走动时显出一种庄重的、带几分优雅的笨拙,她似乎为自己年纪轻轻就发胖而感到局促。然而,无论如何,这的确是她,是安妮。

她大笑起来。

"你为什么笑?"

她不像往常那样立刻回答,而是显出吹毛求疵的样子:

"你说说为什么?因为你一进门就摆出宽心的笑容,像位刚刚嫁出女儿的父亲。来,别站着,放下大衣坐下来,对,坐那儿,你要是愿意的话。"

一阵沉默,安妮并不想打破它。这间房是光秃秃的。从前,安妮每次旅行都要带一个大大的箱子,里面塞满了围巾、头巾、头纱、日本面具、民俗图片。她一住进旅馆——哪怕只住一夜——头一件事就是打开那只箱子,拿出全部宝贝,按照复杂多变的秩序,将它们或挂在墙上,或罩在灯上,或铺在桌上,或铺在地上,因此,不到半小时,最普通的房间也具有了个性,一种沉重的、感官的、几乎难以忍受的个性……这间冷冷的卧室通向盥洗间的门是半开的,卧室显得有几分阴森。它很像我在布维尔的房间,只是更豪华、更阴森。

安妮还在笑。我完全认出了这种嗓门很高、略带鼻音的笑声。

"你没有变。干吗这副慌乱的样子?"

她在微笑,但是她用一种几乎仇视的、好奇的目光端详我。

"我只是想这间房不像是你住的。"

"是吗?"她漫不经心地回答。

又是沉默。现在她坐在床上,黑衣裙使她更显苍白。她没有剪发。她一直瞧着我,神态安详,眉毛略略抬起。她没有话对我说?那为什么叫我来呢?这种沉默难以忍受。

我突然可怜巴巴地说:

"我很高兴看见你。"

最后这个字哽在我喉咙里。与其说这句话,我还不如什么都不说。她肯定会生气。我知道最初一刻钟是很难熬的。从前,每次我看见安妮,不管是在分别二十四小时以后还是在清晨一觉醒来,我说的话从来就不是她想听的,从来就与她的裙衣、天气以及前一天的最后交谈不相适应。但是她要什么？我猜不着。

我抬起眼睛，她正带着几分温情看着我。

"这么说你一点也没有变？还是那么傻？"

她脸上流露出满意，但她看上去很疲乏。

"你是一块界石，"她说，"路边的界石。你始终如一地在那里，一辈子都在那里标明此去默伦二十七公里，去蒙塔尔吉四十二公里，所以我很需要你。"

"需要我？我有四年没有见到你了，这段时间你需要我吗？你可真是严守秘密。"

我笑着说，她也许会以为我怨恨她。我感到自己嘴上的微笑很虚假，我感到局促。

"你真傻！当然，我不需要看见你，如果你是这个意思。你知道，你并没有什么特别悦目的地方。我需要的是你的存在，我需要你保持不变。你就像那把白金米尺，它被保存在巴黎或近郊，但是大概谁也不想看见它。"

"你这就错了。"

"总之，这无关紧要，对我无关紧要。怎么说呢，我很高兴这把米尺存在，它的准确长度是地球子午线的四分之一的一千万分之一。每当有人测量住房，或者卖我一米一米的布料时，我都想到那个米尺。"

"是吗？"我冷冷地说。

"可是你知道，我完全可以把你仅仅看作是抽象的道德，看作一种界限。我每次都想起你的面孔，你该感谢我才是。"

又是精深微妙的高论！从前我不得不忍受它，而内心里是简单庸俗的愿望，我想对她说我爱她，想将她抱在怀里。今天我再没有任何愿望了，也许仅仅想默默地看着她，在沉默中体验这件奇事中最重要的一点：安妮在我面前。对她来说，今天是否和别的日子一样呢？她的手并不颤抖。她给我写信的那一天大概有话要对我说——也许仅仅是心血来潮，而现在这个问题早就不存在了。

突然，安妮满怀深情地对我微笑，以致泪水涌上我的眼睛。

"我想你比想白金米尺要多得多。我没有一天不想你。你的整个模样我都记得清清楚楚。"

她站起来到我身边，手搭在我肩头：

"你在抱怨，可你敢说你没有忘记我的脸？"

"你真鬼，"我说，"你明明知道我记性不好。"

"你承认了,你把我完全忘了。在街上你能认出我吗?"

"那当然。这不成问题。"

"你还记得我的头发是什么颜色?"

"当然,浅黄色。"

她笑了起来:

"你说得倒得意。你现在看到我的头发了,当然就知道啦。"

她用手掠了一下我的头发。

"而你呢,你的头发是棕红色,"她模仿我说,"我永远忘不了头一次见到你的情景。你戴着一顶近淡紫色的软帽,与你的棕红头发极不相称,很难看。你的帽子呢?我想看看你是不是还那样缺乏审美力。"

"我不戴帽子了。"

她轻轻吹了一声口哨,睁着大眼。

"这不是你自己想出来的吧?要真是,那我该祝贺你了。当然!是该想到这一点的。你的头发配什么东西都不行,帽子、椅垫甚至作为背景的墙上的壁毯都和它不配。要不然你就该把帽子紧紧压在耳朵上,比如你在伦敦买的那顶英国毡帽。那时你把头发藏在帽子下，人家甚至不知道你有没有头发。"

她用算老账的坚决口吻又说：

"它对你不合适。"

我不知道她指的是哪顶帽子。

"我说过它对我合适吗？"

"我想你说过，甚至你一个劲地说这个。你认为我看不见你，便偷偷地照镜子。"

安妮旧事重提，我感到沮丧。她甚至不像在回忆，她的声调不像在回忆往事时那样动情、怀旧。她好像在谈论今天，最多昨天。在她身上，旧日的观点、固执、怨恨丝毫未变，而我却相反，对我来说，一切都沉浸在一种诗意的朦胧中。我准备做出一切让步。

她突然用平淡的口吻说：

"你瞧，我胖了，我老了，我得保养。"

不错，她显得疲乏。我正要开口，她又接着说：

"我在伦敦演戏。"

"和坎德勒在一起？"

"不，不和坎德勒。你总是这样。胡思乱想，总以为我和坎德勒一起演戏。坎德勒是乐队指挥！跟你说过多少次了。不，我在索霍广场一个小剧院演戏，演过《琼斯皇帝》，肖恩·奥卡西和辛格①的剧本，还有《布里塔尼居斯》②。"

"《布里塔尼居斯》？"我吃惊地问。

"是的，是《布里塔尼居斯》，我就是因为这事才离开的。是我建议他们上演《布里塔尼居斯》的，他们想让我演朱莉。"

"那又怎么样呢？"

"当然我只演阿格里比娜。"

"那你现在在干什么？"

我不该问这个。生命从她脸上消失，但她立即回答说：

"我不演戏了。我旅行。有人养着我。"她微笑地接着说，"啊！别这么担心地看着我，这没有什么了不起。我一直对你说，我不在乎让人养着。再说这是个老家伙，不碍手碍脚。"

"是英国人？"

"这跟你有什么关系？"她不快地说，"我们别谈

---

① 肖恩·奥卡西（1880—1964），辛格（1871—1909），均为爱尔兰剧作家。
② 《布里塔尼居斯》，法国十七世纪古典主义剧作家拉辛的名剧。

这个老好人了。他对你、对我都无足轻重。你喝茶吗？"

她走进盥洗室。我听见她来回走动，挪动锅子，自言自语，她声音尖厉，模糊不清。在她的床头柜上，像往常一样，放着一本米什莱的《法国史》。我现在看清了，在床的上方，挂着一张照片，唯一一张照片，是爱米莉·勃朗特的兄弟为姐姐作的肖像画的复制品。

安妮走回来，突然说：

"现在你该谈谈自己了。"

接着她又消失在盥洗室里。尽管我记性不好，这一点我是记得的：她总是这样直截了当地提问题。我十分局促，因为我感到她既是真心关心我，又想赶紧说完了事。总之，听到这句话，我不再怀疑了，她有求于我。目前只是刚刚开场，先排除可能的障碍，彻底解决次要问题："现在你该谈谈自己了。"再过一会儿，她将谈她自己。突然间，我什么都不想对她说。何必呢？恶心，恐惧，存在……最好还是把这一切留给我自己。

"来吧，快点。"她在墙那边喊道。

她端着茶壶进来了。

"你现在干什么？住在巴黎吗？"

"住在布维尔。"

"布维尔？为什么？但愿你没有结婚吧？"

"结婚？"我吓了一跳。

安妮居然想到这个，我很不痛快，并且告诉了她：

"真荒谬，完全是你曾责怪我的那种自然主义的臆想。你知道，从前我想象你是寡妇和两个男孩的母亲，我还给你讲了许多我们将来的事，你觉得很讨厌。"

"而你还十分得意，"她平静地回答说，"你说那些话是装样子。现在你口头上这么气愤，可哪一天你就会偷偷地结婚，你这人不可靠。整整一年，你一直愤愤地说你决不去看《皇帝的紫罗兰》①，可是有一天我病了，你便独自去街区的小电影院看了。"

"我现在住在布维尔，"我庄重地说，"因为我在写一本关于德·罗尔邦先生的书。"

安妮专注地看着我：

"德·罗尔邦先生？十八世纪的人？"

---

① 指电影《皇帝的紫罗兰》，讲的是第二帝国时期，一位卖花女如何成为贵妇；影片因女演员的精湛演技而大获成功，并受到知识分子的赞赏。——原编者注

"是的。"

"不错,你和我讲过。"她含糊地说,"那么是一本历史书了?"

"对。"

"哈!哈!"

如果她再提一个问题,我会告诉她一切,但她什么也不再问了。看来她以为对我知道得够多了。她很善于听人说话,但是只在她愿意的时候。我瞧着她,她低下眼睛,在考虑跟我说什么,怎样开口。我该询问她吗?她大概也不愿意。她认为合适的时候就会说的。我的心跳得很快。

她突然说:

"我变了。"

这就是开头。但她沉默了。她往白瓷茶杯里倒茶。她在等我开口,我得说点什么,不是随便什么,而是她期待的话。我如坐针毡。她真的变了?她发胖,脸色疲惫,但这肯定不是她想说的。

"我不知道,我不觉得。我又看到你的笑容,你起身把手搭在我肩上的姿势,你自言自语的癖好。你仍然读米什莱的《法国史》,还有其他许多东西⋯⋯"

她一向关心我的永恒本质,而对我生活中可能发生的事漠不关心；她有一种古怪的矫揉造作，既像书呆子又很可爱；她一见面就排除礼貌和友谊的机械套式，排除一切促进人与人关系的东西，迫使对话者不断想出新花样。

她耸耸肩，冷冷地说：

"是的，我变了。完完全全变了。我不再是原来的我。我以为你一眼就能看出来，而你却和我谈米什莱的《法国史》。"

她站到我面前：

"咱们瞧瞧这个人是不是真像他说的那么厉害。你找一找，我在什么地方变了？"

我在犹豫。她跺着脚，虽然还在微笑，她确实不高兴了：

"从前，你总为了什么事烦恼，至少你是这么说的，而现在这种烦恼没有了，消失了。你肯定觉察到了。你是不是现在太舒服？"

我不敢说不。我像从前一样颠起屁股坐在椅子上，考虑如何躲开陷阱，如何躲开莫名其妙的怒火。

她又坐下来，自信地摇摇头说：

"是呀，你不明白，是因为你忘了许多事，忘得比我估计的多。瞧，你忘了从前干的坏事吧？你来，你说话,你走,没有一件事是合时宜的。想象一下一切都没有变:你进来,墙上挂着面具和披巾,我坐在床上,我对你说(她的头朝后仰,鼻孔张大,说话像在念台词,仿佛在嘲弄自己):'怎么样?还等什么,坐呀!'当然我会小心翼翼地避免说:'别坐靠窗的那张安乐椅。'"

"那时你给我设下陷阱。"

"不是陷阱……于是,当然啦,你会笔直走过去坐下。"

"那又会怎么样呢?"我问,一面转身好奇地瞧着那张椅子。

那是一张普普通通,看上去和蔼可亲、舒舒服服的椅子。

"太不好了。"安妮简短地说。

我不再坚持,因为安妮周围总有这么多忌讳的物品。

我突然说:

"我想我猜到了一点点,太好了。等等,让我想一想,对,这间房是光秃秃的,你得承认我一进来就发现了。对,从前我一进来总看见墙上有披巾、面具等等。旅馆总是被关在门外。你的房间是另一种样子……你不会来给我开门，我会看见你蹲在房角里或者坐在那块红地毯上，你总随身带着那块地毯，你严厉地看着我，等待着……只要我一说话，动一动，吸一口气，你就会皱起眉头，我就会感到自己罪孽深重，也不知为什么。然后，一分钟一分钟地过去，我会做一件又一件的蠢事，深深陷入错误之中……"

"这种事发生过多少次？"

"上百次！"

"至少！那你现在更精明，更机灵了吧？"

"不！"

"我喜欢听你这样说。那又怎样呢？"

"那就是，再没有……"

"哈！哈！"她用演戏的腔调喊了起来，"他还不相信！"

她又轻轻地接着说：

"是的，你可以相信我：再没有了。"

"再没有完美的时刻了？"

"没有了。"

我目瞪口呆，坚持说：

"终于你不……结束了这些……悲剧，瞬间的悲剧；面具、披巾、家具，还有我，都在悲剧里扮演小小的角色,而你演的是大角色。"

她微笑:

"忘恩负义的人!有时我给他的角色比我自己的角色还重要,但是他却看不到。对,是的,结束了,你很吃惊吗?"

"当然吃惊!我原以为那就是你的一部分,谁要是夺走了它,就好比挖掉你的心。"

"我原先也是这样想的。"她说,似乎毫无惋惜之意,接着又用一种使我不快的讽刺语气说:

"你瞧,没有它,我照样生活。"

她交叉着手,抱着一只膝盖,眼瞧着半空。隐约的微笑使她的脸显得年轻。她像是一个胖胖的小姑娘,既神秘又很满足。

"是的,我很高兴你还是老样子。如果有人把你这块界石搬走,上漆,挪到另一条路上,那我就失去确定方向的固定标志了。你对我是不可或缺的,我在变,而你呢,你应该恒定不变,我用你来衡量我自己的变化。"

我仍然有几分恼火,激动地说:

"这话根本不对。正相反,这段时间我完全变了,而且,实际上,我……"

"啊,"她盛气凌人地说,"精神上的变化!可是我连眼白都变了。"

连眼白都变了……她声音里有什么东西使我烦乱不安呢?不管怎样,我纵身一跃!我不再寻找消失了的安妮。令我感动、令我爱的是眼前这个姑娘,这个神情颓丧的胖姑娘。

"我有一种确信……生理上的。我感到没有什么完美的时刻。我走路时连两条腿都感到了这一点。我时时感到它,连睡觉也不例外。我忘不了。什么东西也比不上启示,我说不清从哪一天哪一刻起,我的生活就完全变了。即使在此刻,那个突然的启示也仿佛发生在昨天,我仍然眼花缭乱,局促不安,还很不适应。"

她说这番话时声音平和,稍带几分自豪,因为她有这么大的改变。她在箱子上摇晃,显出优美的风韵。自我进来以后,此刻的她与从前的安妮,马赛的安妮最为相似。她再次攫住我,再次将我投入她那奇怪的世界之中,虽然有那些可笑的、装模作样的、难以捉摸的事。我甚至又恢复了一见她就激动的热情和嘴里那股苦味。

安妮松开了手指,放开了膝盖。她不说话,这是约定的沉默，就像在歌剧院：当乐队演奏最初的七小节时，舞台上是空的。她喝茶，然后放下茶杯，直挺挺地待着，两只手按着箱子边沿。

突然，她脸上出现了墨杜萨①那漂亮的面庞，那是我从前最喜爱的，它扭曲着，充满了仇恨和邪恶。她不是换了一种表情，而是换了一张脸，就像古代的演员换了面具一样，一下子便换了，而每个面具都是用来营造气氛，给后面定调的。在她说话时，这个面具出现并待在那里丝毫不变，然后它落下，脱离了她。

她盯着我，仿佛视而不见。她要说话了。我等着一番与庄严的面具相配的、悲剧性的演说——挽歌。

她只说了一句话：

"我幸存下来了。"

这语气与面孔极不相称。它不是悲剧性的，而是……可怕的，它表达了一种没有眼泪、没有怜悯的、冷冷的绝望。是的，在她身上有什么东西已经无可挽回地干枯了。

---

① 墨杜萨，希腊神话中的女怪，据说原系美女，因触犯雅典娜，头发变成毒蛇，目光使人变为石头。

面具落下,她微笑了:

"我一点也不忧愁,我常常为此吃惊,但是我错了,为什么要忧愁呢?从前我有热烈的激情,我热烈地恨过我母亲,而且,"她挑战似的说,"我也热烈爱过你。"

她等待回答。我一言不发。

"当然,这一切都结束了。"

"你怎么知道呢?"

"我知道。我知道再也遇不到能激起我热情的人或事了。你知道,去爱人可不是小事,需要毅力、慷慨、盲目性……在开始甚至还得跳过一道深渊。要是深思熟虑,就不会这样做了。我知道我永远不会再跳了。"

"为什么?"

她向我掷来一瞥讽刺的目光,不作回答,又说:

"现在我的热情都已死去。我努力回忆从前的狂怒,那时我十二岁,有一天母亲抽打我,我居然从四楼跳了下去。"

她又谈到一个似乎无关的话题,神情冷漠:

"我不能久久地盯住物体,我看一看,知道它们是什么,就赶快挪开视线。"

"为什么？"

"它们使我恶心。"

这岂不是……？总之这里肯定有相似之处。在伦敦就有过一次，我们几乎在同一时刻，就同一件事有同样的想法。我很想……然而安妮的思想常常是曲曲弯弯的，你永远也没有把握完全理解她。我必须弄个清楚。

"听我说，我想告诉你，你知道，我始终不清楚什么是完美的时刻，你从来没有解释过。"

"对，我知道，你从来不努力，待在我身边像根木桩。"

"唉！我知道为此付出了什么代价。"

"你的一切都咎由自取。你太不该了，不该用那种稳重的神气惹我不高兴，你仿佛在说：'我，我可是正常人。'你处处要显示健康，全身上下都浸透着精神健康。"

"可我不止一百次地请你解释什么是……"

"对，可你那语气！"她生气地说，"其实你是在屈尊下问。你和和气气，漫不经心，就像我小时问我玩什么游戏的老太太一样。其实，"她带着遐想的神气说，"我在想我最恨的也许是你。"

她努力克制自己,镇静下来,微笑着,两腮仍然红红的。她很美。

"我很愿意向你解释。现在我老了,可以平心静气地向你这位老太太讲述我童年的游戏了。来吧,你说,你想知道什么?"

"想知道那是怎么回事。"

"我和你谈过特殊情景吧?"

"好像没有。"

"谈过,"她满有把握地说,"那是在艾克斯①,在一个广场上,我记不清叫什么广场了。阳光很强烈,我们坐在一家咖啡馆的花园里,坐在橘黄色的遮阳伞下。你不记得了?我们喝着柠檬汁,我发现糖里有几只死苍蝇。"

"对,也许……"

"我就是在那个咖啡馆里和你谈到这些的。我谈到米什莱大开本的《法国史》,就是我小时的那个版本。它比现在的版本大得多,纸页发白,像蘑菇的内侧,也有一股蘑菇味。我父亲死后,约瑟夫叔叔找到这本书,把所有的卷册都拿走了。就在这一天,我叫

---

① 艾克斯,法国普罗旺斯一地名,以其温泉疗养地著名。

他老猪,于是母亲抽打我,我便跳楼。"

"对,对……你肯定跟我谈起过《法国史》……你不是在阁楼上读的吗?你瞧,我还记得,你瞧,你刚才怪我把什么都忘了,真不公平。"

"闭嘴。你没记错,我常把那些大书抱上阁楼。书里的插图很少,每册大概只三四张,但是每张图都占整整一大页,反面什么东西也不印,而在其他书页上,文字排成双栏,好挤出篇幅来,这给我留下很深的印象。我十分喜爱这些插图,熟记在心。我重读这些书时,早早就盼着五十页以后的插图了,重见它们真是奇妙。它们还十分精细,表现的场景与前后几页毫无关系,得到三十页以后去找解释。"

"求求你,讲讲完美时刻吧。"

"我在讲特殊情景。插图上表现的就是这个。我称它为特殊情景,因为我想它一定十分重要,所以才成为那么稀少的插图的主题。它们是经过挑选的,明白吗?但是,有许多插图比这些更有造型价值,还有一些更有历史价值。例如,整个十六世纪只有三幅插图,一幅是亨利二世的死亡,一幅是德·吉斯公爵被谋害,还有一幅是亨利四世进入巴黎,于是我想这些事件具有特殊性。插图也证实了我的想法,它们画得很粗糙，四肢和躯干连得不太好，但是它们充满了崇高。德·吉斯公爵被害时，旁观者都转过头去，向前伸手，手心朝外，以表示惊恐和愤怒。这很美，可以说是古典戏剧中的合唱，那些有趣的或者逸事性的细节也没有被忽略。我们看见纸张飘落在地，几只小狗在逃跑，几个小丑坐在王位宝座的台阶上。所有这些细节处理得既崇高又笨拙，与画面的其他部分十分和谐。我从未见过如此精妙和谐的画。对，就是从这里开始的。"

"特殊情景？"

"至少是我所认为的特殊情景吧。这种情景具有一种罕见的、珍贵的品质，可以说别有风格。比如，我八岁时以为当国王便是特殊情景。或者死亡。你在笑，可是许多人的弥留时刻被画了下来，许多人在弥留之际留下崇高的话语，因此我完全相信……总之，我想人在垂死时是超越自身的。再说，只要在死人房间里待一待就明白了，因为死亡是一种特殊情景，有什么东西从它那里散发出来，传至在场的每一个人。这是一种崇高。我父亲死时，人们叫我去看他最后一眼。我上楼梯时，心中难过，但也似乎沉醉于某种宗教性的欢乐中；我终于进入一种特殊情景了。我靠在墙上,试图做应该做的动作,但是我婶婶和母亲跪在床边哭泣,将一切都破坏了。"

她说最后这句话时很不高兴,仿佛这段回忆仍在灼痛她,她停下来,两眼发呆,抬起眉毛,再次重温这个场面:

"后来,我把它扩展了,首先加进了一种新情景:爱情(我是指做爱的行为)。我为什么拒绝……你的某些要求呢,以前你要是不明白的话,现在该明白了。对我来说,那是要拯救什么东西。后来我又想,一定有许许多多、难以计数的特殊情景,总之我认为特殊情景是无限的。"

"对!可那到底是什么?"

"咦,我不是对你说了吗?"她吃惊地说:"我解释有一刻钟了。"

"主要一点是不是必须充满激情,比如说,仇恨或爱情,或者事件的外貌必须崇高,我是说,能看见的那部分……"

"两者都有……要看情况。"她不高兴地说。

"那完美时刻呢?它与这又有什么关系?"

"完美时刻是在这以后。首先是先兆,然后,特殊情景便慢慢地、庄严地进入人们的生活,于是便提出了问题：你是否想使它变成完美时刻。"

"是的，我明白了。"我说，"在每一个特殊情景中，总应该做某些动作，有某种姿态，说某些话——而其他的态度和话语是严格禁止的。是这样吧？"

"可以这样说……"

"一句话，情景是材料，需要处理。"

"对，"她说，"首先应该浸泡在特殊事物中，感觉到你在对它进行整理。如果这一切条件都实现了，那个时刻就会是完美的。"

"总之，这像是艺术品。"

"这话你已经说过了，"她恼火地说，"不，这是……一种责任。应该使特殊情景转变为完美时刻，这是道德问题。对，你尽管笑，这是道德。"

我根本没有笑，我自发地说：

"听我讲，我承认错误。我从来没有好好地理解你，从来没有真心想帮助你。要是我早知道……"

"谢谢，十分感谢，"她挖苦地说，"你总不至于要我感谢你这姗姗来迟的悔恨吧。何况我也不怨恨你，我没有向你解释清楚，我很紧张，无法对人讲，连你也不例外——特别是你。那时总有什么东西显得虚假，所以我不知所措，可我感到我能做到的我都做了。"

"应该做什么呢？什么样的举动？"

"你真傻，这得看情况，没法举例子。"

"告诉我，你当时想做什么？"

"不，我不想讲。不过，你要是愿意，我告诉你一个故事，那是我上学时读到的，令我十分吃惊。有一位国王吃了败仗，成了俘虏，待在战胜者军营的角落里。他看见儿子和女儿被捆绑着从他面前走过，他没有哭，也没有说话。后来他看见一个仆人被捆绑着从他面前走过，他呻吟起来，抓扯自己的头发。你，你也可以想象一些例子。你明白，在某些情况下不应该哭，否则就是卑劣，而当一块木柴砸在你脚上时，你怎么干都行：呻吟、哭叫，踮起另一只脚跳跳。时时自我克制，这是愚蠢的事，因为你在毫无意义地耗尽自己。"

她微笑地接着说：

"而在其他情况下，应该比自我克制还进一步。你肯定记不得我第一次吻你的情景吧？"

"记得，记得很清楚，"我得意地说，"那是在泰晤士河畔的基尤植物园。"

"但是有一点你不知道，那就是当时我坐在荨麻上，我的裙衣撩了起来，大腿全刺破了，稍稍一动就又添伤口。显然，自我克制是远远不够的。当时我并不感到慌乱，我并不特别需要你的嘴唇，我要给你的那个吻可重要得多，它是承诺，是协约，你明白，那疼痛来得不是时候，我不能想到我的大腿。仅仅不流露痛苦还不够，应该感觉不到痛苦。"

她高傲地看着我，对她自己的作为仍感到惊讶：

"你坚持要我的吻，其实我已决心给你了，但我让你一再恳求，因为必须按规矩办事。在这整段时间里，在这二十多分钟里，我终于使自己完全麻醉了。老天知道我的皮肤多么敏感，但我什么也没有感觉到，直到我们又站起来。"

是这个，就是这个。没有奇遇，没有完美时刻……我们失去了同样的幻想，我们走的是同样的道路。剩下的，我猜到了，我甚至可以代她说话，把剩下的事说出来……

"那么，你意识到总有人来破坏你的效果，或是泪流满面的老太婆，或是一个棕红头发的家伙，或是其他什么东西？"

"是的，当然。"她冷淡地说。

"就是这些？"

"啊,你知道,红发家伙的笨拙,久而久之也许我会认了,因为我毕竟对别人如何扮演角色感兴趣……不……可能是……"

"没有特殊情景?"

"对。我原以为仇恨、爱、死亡降临到我们身上,就像耶稣受难日的火舌①一样。我原以为一个人可以因仇恨或死亡而发出异彩,完全错了!对,我的确以为'仇恨'是存在的,它栖息在人们身上,使他们超越自己。当然只有我,只有我恨,只有我爱。而我呢,总是同样的东西,总是同一个面团,不断拉长,拉长……人们彼此这么相似,居然想到起不同的名字以示区别,真是奇怪。"

她的想法和我一样,我仿佛从未离开过她。我说:

"你听着,刚才我想起一件事,比起你慷慨送给我的界石角色来,使我高兴得多。那就是我们都变了,而且是以同一种方式。我喜欢这样,我不愿看见你越走越远,而我却不得不永远当你起点的标志。你

---

① 安妮将耶稣受难日与圣灵降临节混淆了。在圣灵降临节,圣灵以火舌的形式降临到使徒身上。——原编者注

告诉我的这一切正是我要对你讲的，当然，用词不同。我们在终点会合了，我真是太高兴了。"

"是吗?"她轻声说，仍然十分固执，"但我宁肯你没有变化，那样更好。我和你不同，我不喜欢别人和我想得一样。也许你弄错了吧。"

我对她讲我的奇遇，讲存在——也许讲得过长。她睁大眼睛，抬起眉毛，专心听着。

等我说完，她舒了一口气:

"可是，你想的和我完全不同。你抱怨是因为你周围的物体不像一束花那样有序，不用你费心费力。而我呢，我可从来没有这么多的要求，我要的是行动。你知道，我们以前玩冒险先生和冒险女士，你承受冒险，我制造冒险。我常说:'我是一个活动家'，你还记得吗? 现在我可以简单地说: 不可能成为活动家。"

我的神情大概不以为然，因此她激动起来，用更强调的语气说:

"再说，还有许多事我没有告诉你，解释起来太费时间了。例如，我行动时必须自信，相信我的行动会产生后果……注定的后果。我没法向你说清楚……"

"没有必要。"我显出几分学究气,"这一点我也想过。"

她猜疑地看着我说:

"你认为你的想法和我一样,你真令我吃惊。"

我没法说服她,我只会惹她生气,于是便一言不发。我很想将她抱在怀里。

突然,她不安地瞧着我:

"如果你也想到这些,那该怎么办?"

我低下头。

"我……我幸存下来。"她沉重地重复说。

我能说什么呢?我有生活目的吗?我不像她那样绝望,因为我原先的期望不高。面对着我被赋予——莫名其妙地被赋予——的生命,我更多感到的是惊奇。我仍然低着头,不愿在此刻看见安妮的脸。

"我旅行,"她用沉闷的声音继续说,"我从瑞典回来,在柏林待了一星期。那个人养着我……"

将她抱在怀里……有什么用处呢?我对她无能为力,她和我一样孤独。

她的声音稍稍快活一些:

"你在咕哝什么呢?"

我抬起头,她正温柔地看着我:

"没什么。我在想事……"

"啊,神秘人物!你爱说不说,随你便。"

我向她谈起铁路之家,谈起留声机上古老的拉格泰姆音乐,以及这音乐带给我的奇异的愉快。

"当时我想,也许从这方面可以找到,至少寻找……"

她不答话,我想她对我的话兴趣不大。

然而,过了一刻,她说话了,我不知她在继续她的思绪还是回答我刚才的话。

"绘画、塑像,这是些无法使用的东西,它们在我面前很美。音乐……"

"可是在戏剧里……"

"戏剧怎么样了?你想把所有的艺术都说一遍?"

"你从前说你想演戏,因为在舞台上可以实现完美时刻。"

"不错,我实现了,为了别人。我在灰尘里,在穿堂风里,在强烈的灯光下,在硬纸做的布景中间。一般说来,我和桑代克演对手戏。你大概在科文公园见过他演戏吧。我总担心我会当他的面大笑起来。"

"你不完全投入角色?"

"有时稍稍投入,但从不十分投入。对我们来说,重要的是我们正前方的那个黑洞,黑洞里是人,但我们看不见,对他们来说,我们献上的当然是完美时刻。但是,你知道,他们并不生活在完美时刻里,完美时刻在他们眼前出现。而我们这些演员,你想我们生活在完美时刻里吗?总之,完美时刻哪里也不在,既不在舞台下也不在舞台上,它不存在,但所有的人都在想它,你明白吗?亲爱的,"她的声音有气无力,她用几乎耍赖的口吻说,"我把这一切都甩了……"

"可我,我试图写这本书……"

她打断我:

"我生活在过去。我回顾过去发生的一切,并且稍加改变。像这样,从远处看,你不会难过,而且几乎信以为真。我们的整个故事都很美,我稍稍改变一下,就成了一连串完美的时刻。于是我闭上眼,努力想象我生活在其中。我还有些别的人物……得学会全神贯注。你不知道我读过什么书吧?罗耀拉①的《灵性锻炼》。它对我大有帮助。首先要以某种方式安排

---

① 指伊纳爵·德·罗耀拉(1491—1556),西班牙人,耶稣会创始人。

布景，然后是人物，这样就能够看见。"她用一种怪僻的语气说。

"这不会使我感到满足。"我说。

"你以为我会感到满足吗？"

我们默默地待了一会儿。黄昏降临，我几乎看不清她苍白的面庞，她的黑衣服融入了侵入房间的黑暗里。我端起茶杯，杯里还剩下一点茶，我将它凑到唇边。茶是凉的。我想抽烟，但又不敢。我痛苦地感到我们再无话可说，昨天我还想问她那么多问题：她去过哪里？干了些什么？遇见了什么人？然而，只有当安妮对我推心置腹时，这些问题才有意义。现在我没有好奇心了。所有她去过的国家和城市，所有追求她的或被她爱过的人，所有这一切对她都无足轻重，所有这一切实际上对她都无所谓，就像阴沉寒冷的海面上的几缕微弱阳光。安妮坐在我对面，我们有四年没有见面了，而我们没有话说。

"现在你该走了，我在等人。"安妮突然说。

"你等……？"

"不，我等一个德国人，画家。"

她笑了起来。笑声在阴暗的房间里显得古怪。

"他这个人和我们可不一样，至少在目前。他行动,而且不遗余力。"

我无可奈何地站起身。

"什么时候再见到你?"

"不知道。明天晚上我去伦敦。"

"经过第厄普?"

"是的,然后我可能去埃及,也许冬天我再来巴黎,我会给你写信的。"

"明天我一整天都有空。"我腼腆地说。

"是的,可我有许多事要办。"她冷冷地回答,"不,我不能再见你。我会从埃及给你写信。你只要给我地址。"

"好的。"

在阴暗中,我在一个信封角上草草写下地址。等我离开布维尔时,我得告诉普兰塔尼亚旅馆给我转信。其实我很清楚她不会写信的。也许十年以后我才能再见到她。也许这是我们最后一次见面。与她分别,我不禁感到沮丧,我最害怕的是再一次孤独。

她站起身。来到门口时,她轻轻吻了我的嘴唇,微笑地说:

"这是为了记起你的嘴唇,为了《灵性锻炼》。"

我抓住她一只胳膊,将她往身边拉。她不反抗,但摇头表示反对。

"不，我不感兴趣。不会重新开始的。要说和人的关系嘛，哪个稍稍漂亮的小伙子都比得上你。"

"那你想干什么呢？"

"我不是说过了吗？我去英国。"

"不，我是指人……"

"什么也不干！"

我没有松开她的胳膊，我轻声说：

"那么，找到你以后我又得离开你了。"

现在我清清楚楚看见了她的面孔。它突然变得灰白疲惫，一副老妇人的面容，十分可怕，显然这不是她所要的，但它在那里，而她一无所知，也许她无可奈何。

"不，"她慢慢地说，"不，你没有找到我。"

她挣脱胳膊，打开门。走道里一片光明。

她笑了起来：

"可怜的人！运气不佳。第一次演好了角色，却不受赞赏。好了，走吧。"

我听见门在我身后关上。

星期日

今早我查了查火车时刻表。如果她没有撒谎,她该乘五时三十八分的火车去第厄普。也许她的伙伴和她开车去?我在梅尼蒙唐区的街上转了一上午,又在河边转了一下午。她与我相隔不过几步路,几堵墙。到了五时三十八分,我们昨天的会见就会成为回忆,轻轻吻我嘴唇的那个胖女人将和梅克内斯及伦敦的那位瘦小姑娘重叠起来,一同成为往事。不过,事情还没有过去,因为她还在这里,还有可能再看见她,说服她,将她带走,永远。我尚未感到孤独。

我想将思绪从安妮身上挪开,因为我对她的身体和面孔想得太多,神经极为紧张,手在颤抖,身体在打寒战。于是我在旧书报摊上翻起书来,特别是淫猥书刊,因为它们毕竟能吸引你的全部注意。

当奥尔塞车站的大钟敲五点钟时,我正在看一本叫作《拿鞭子的医生》的书的插图。插图大同小异,里面大都有一个满面胡须的小个子对着一个奇大无比的、赤裸裸的臀部挥舞马鞭。我发觉五点钟已到,便匆忙把书扔回书堆,跳上出租车,来到圣拉扎尔火车站。

我在月台上走了约莫二十分钟,便看见他们来了。她穿着一件厚厚的皮毛大衣,一副贵妇的派头。

她还戴着短面纱。那男人穿着驼毛绒大衣，皮肤黝黑，人很年轻，高大英俊。他显然是外国人，但不是英国人，也许是埃及人。他们上了车，没有看见我。他们相互没有交谈。后来那男人又下车买报纸。安妮放低她车厢的窗子，看见了我。她久久地注视我，平心静气地，眼神呆滞。后来那男人又上了车，火车就开了。此刻我清楚地看见我们从前吃饭的那家庇卡迪伊餐馆，然后一切都完了。我走路。我感到疲乏便进了这家咖啡馆，睡着了。侍者刚刚叫醒了我，我是在似醒非醒的状态下写下了这些话。

明天我将乘正午的火车返回布维尔。我在那里待两天就够了：收拾行李和去银行结账。普兰塔尼亚旅馆可能要求我多付半月的房钱，因为我没有预先通知他们退房。我还得去图书馆还书。总之，我将在周末以前回到巴黎。

这个改变能对我有什么好处呢？都是城市，这座城市被河流一分为二，那座城市濒临大海，除此以外，它们十分相似。人们挑选一块光秃秃的不毛之地，在上面弄一些空心的大石头，石头里面关着气味——比空气浊重的气味。有时，气味从窗口被抛到大街上，它就待在街上，直到被风吹散。天气晴朗时，气味从城市的这一头进，那一头出，穿越所有的墙。另一些时候，声音在这些日晒冰冻的石头中间打转。

我害怕城市。但是千万不能出城。如果你走得太远，就会遇见植物的包围圈。植物蔓延好几公里，它朝城市爬来，它在等待。当城市死去，植物将乘虚而入，爬上石头，钳住它，深掘它，用黑色长钳使它破裂，堵填孔洞，将绿爪悬吊在各处。只要城市还活着，就应该留在城里，不能孤身一人到城门口那丛生的枝蔓下，应该让枝蔓在没有目击者的情况下飘动和响动。在城市里，如果你会安排，乘动物在洞穴里或有机垃圾堆后面消化或睡觉的时候出门，那么你遇到的只是矿物——最不可怕的存在物。

我要回布维尔。植物仅仅从三面包围它。在第四面有一个大洞，里面全是黑黑的水，水自己在动。风在房屋之间呼啸。气味停留的时间比别处短，它被风吹向大海，像摇曳的薄雾一样贴着黑水水面奔跑。天在下雨。在四个栅栏之间长了一些植物，植物肥肥的，被摘去了芽，被驯化了，变成无害的，布维尔的一切都又肥又白，因为天上降下了那么多雨水。我将回布维尔。多么可怕！

我猛然醒来，现在是午夜。安妮离开巴黎已经六小时了。船已驶入大海，她在船舱里睡觉，那位黝黑的美男子正在甲板上抽烟。

星期二于布维尔

这就是自由吗？在我下方，花园徐缓地向下，朝城市延伸，每座花园里都有一座房子。我看见大海，它沉甸甸地一动不动。我看见布维尔。天气很好。

我是自由的，我不再有任何生活的理由，我尝试的一切理由都成了泡影，我也想不出其他理由。我还相当年轻，还有精力重新开始。但是重新开始什么呢？在我最恐惧，最感恶心的时候，我寄希望于安妮，盼望她来救我，这一点我现在才知道。我的过去死了，德·罗尔邦先生死了，安妮回来又使我的全部希望破灭。我独自待在这条两边是花园的白色街道上。独立和自由。但是这种自由有点像死亡。

我的生活今天结束。明天我将离开这座躺在我脚下的城市，我在这里生活了这么久。它将仅仅是一个名字，矮壮的、市侩气的、完全法国味的名字，我记忆中的一个名字，不像佛罗伦萨或巴格达那样富丽堂皇的名字。将来有一天我会问自己："我在布维尔时,整天到底在干什么?"至于今天下午,至于今天的太阳,它们将荡然无存,甚至连记忆也没有。

我的全部生活都在我后面。我看见它的全貌,看见它的形式以及至今引导着我的缓慢运动。没有什么话好说,这是一场输掉的比赛,仅此而已。三年前我郑重其事地来到布维尔,那时我就输了第一局;我想玩第二局,结果第二局也输了,输了比赛。同时我明白了我总是输家,只有坏蛋才自以为是赢家。现在我要像安妮那样,幸存下去,吃了睡,睡了吃。慢慢地、悄悄地存在,就像这些树,就像一汪水,就像有轨电车上的红色长椅。

恶心让我喘息片刻。但我知道它将卷土重来,它是我的正常状态。不过我的身体今天很累,无法承担它。病人幸好有虚弱的时刻,他们在几个小时里失去对疼痛的意识。一句话,我感到厌烦。有时我使劲打呵欠,连眼泪都滚落在脸颊上。这是一种深沉、深沉的厌烦,存在的深沉核心,我本身就是由它组成的。我并非不修边幅,恰恰相反,今天我洗了澡,刮了脸。可是当我回想这许多细心的小动作时,我不明白自己是怎样做出来的,因为它们如此虚妄,大概是习惯替我代劳的吧。习惯并未死亡,它继续忙忙碌碌,慢慢地、狡诈地编织网纱；它替我洗身，替我擦身，替我穿衣，就像是奶妈。难道也是它领我来到绿岗？我记不清是怎样来的了，大概是从多特里台阶那边上来的，真是一级一级地爬过一百一十级台阶吗？更难以想象的是等一会儿我还要走下这些台阶。然而，我知道，过一会儿我来到绿岗坡下时，我将抬头看见此刻近在咫尺的房屋，它们将远远地亮起窗口的灯光，远远地，在我头部的上方，而我无法摆脱的此刻，将我关闭，从四面限制我的此刻，成为我的构成元素的此刻，它将仅仅是一个混乱的梦境。

我瞧着布维尔在我脚下闪烁着灰色的光。它在阳光下好像是成堆的贝壳、鳞片、碎骨片和沙砾。在这些碎屑之中，一些小小的玻璃片或云母片不时地闪着微光。贝壳之间，有些沟渠和细细的犁沟在蜿蜒伸展，一小时以后它们将是街道。我行走在这些街道、这些墙壁之间。我看到布利贝街上有些黑色的小人，一小时以后我将是他们中的一员。

我站在山冈的高处，感到离他们十分遥远。我仿佛属于另一个物种。他们下班后走出办公室，满意地瞧瞧房屋和广场，想到这是他们的城市，"美丽的市民城市"。他们不害怕，感到这是他们的家。他们看到的只是从自来水管里流出的、被驯服的水，只是一按开关就从灯泡里射出的光，只是用木叉架住的杂交树。他们每天一百次地目睹一切都按规律进行，世界服从一种亘古不变的、确定的法则。空中的物体以同样的速度坠落，公园在冬天下午四时关门，夏天下午六时关门，铅的熔点是335摄氏度，最后一班有轨电车在晚上十一时五分从市政府发车。他们性格温和，稍稍忧郁。他们想到明天，也就是另一个今天。城市只拥有唯一的一天，它在每个清晨不断重复。只有星期日这一天被人们稍加打扮。这都是些傻瓜。一想到要再见到他们那肥肥的、心安理得的面孔，我就感到恶心。他们制定法律，他们写民众主义小说，他们结婚，并且愚蠢之至地生儿育女。然而，含混的大自然溜进了城里，无孔不入地渗入他们的房屋、办公室，钻到他们身上。大自然安安静静，一动不动，他们完完全全在大自然中，他们呼吸它，却看不见它，以为它在外面，在离城二十法里的地方。我却看见了它，这个自然，我看见了它……我知道它的顺从是出于懒惰，我知道它没有规律——而他们以为它有恒定性……它只有习惯，而明天它就可能改变习惯。

　　如果出了点事呢？如果，突然间，它开始跳动了？他们会发现它就在那里，他们的心仿佛裂开了。他们的堤坝、堡垒、电站、高炉以及锻锤对他们能起什么作用呢？这是随时可能发生的，也许立刻就会发生，因为已经有了预兆。例如，一位父亲在散步时，突然看见一块红色的破布仿佛被风吹着穿过街道向他奔来，当破布来到近处时，他看出这是一块腐烂的肉，上面有灰尘的污渍，它在爬动，在跳跃；这一截扭曲的肉体在小溪里滚动，痉挛地喷出血柱。又例如，一位母亲看着孩子的脸颊问道："你这里是什么，水疱？"于是她看见孩子的脸颊稍稍肿胀起来，绽裂，裂成一个大缝，而在裂缝深处将出现第三只眼睛，笑眯眯的眼睛。又例如，他们全身将感到一种轻轻的摩擦，就像游泳者在河里被灯芯草抚摸一样，于是他们明白身上的衣服变成了有生命的物体。另外一个人将感到嘴里有什么东西在搔，他走近一面镜子，张大嘴，原来他的舌头变成了一个活生生的巨大蜈蚣，它正在编织脚爪，刮着他的上下颚。他想把蜈蚣吐出来，但蜈蚣已成为他的一部分，必须用两手使劲扯。还会出现许多新东西，必须为它们取名：石眼、三色手臂、脚趾-拐杖、蜘蛛-下颌。某人将在温暖舒适的房间里，躺在舒舒服服的床上，但醒来时却会发现自己正一丝不挂地躺在发青的土地上，周围是丛生的阴茎，它们发出响声，呈红色和白色，像儒克斯特布维尔的烟囱一样指向天空，还有半露出地面的睾丸，毛茸茸的，像葱头一样成球形。鸟类将围着这些阴茎飞，用嘴啄它们，直至出血，于是精液将缓缓地、慢慢地从伤口流出，它透明而温热，其中夹着血和小气泡。也许这一切都不会发生，任何大变化都不会发生，但是有一天早上，人们推开百叶窗时，会突然产生一种可怕的感觉，它沉重地栖息在物体上，似乎在等待。仅此而已。然而，这种情况如果稍稍持续，成百上千的人就会自杀。对。稍稍改变，看一看，这是我求之不得的。还有些人会突然陷入孤独中。一些完全孤独，绝对孤独，可怕的畸形的人，他们将眼睛发直，在街上奔跑，沉重地从我面前过去；他们在逃避自己的疾病，但他们身上又带着疾病，他们张着嘴，舌头——昆虫在嘴里拍打翅膀，于是我将大笑起来，不顾我全身上下布满了肮脏暧昧的痂盖——它们开放成肉花、紫罗兰、毛茛。我将靠在墙上向他们喊道："你们的科学又怎样呢？你们的人道主义又怎样呢？你们作为会思想的芦苇的尊严到哪里去了？"我将不再害怕——至少不比现在更害怕。难道这不仍将是存在，存在的不同变异吗？面孔将渐渐被许多眼睛吞没，这些眼睛将是多余的，可能吧，但并不比第一双眼睛更为多余。使我害怕的是存在。

黄昏降临，城里亮起了头几盏灯，我的天！城市虽有这许多几何图形，但仍显得如此自然，被暮色压得扁扁的。从这里往下看，这是多么……明显。难道只有我看出这一点吗？难道在别处，没有另一个卡珊德拉①从山冈上观看脚下被自然吞没的城市吗？何况这与我有何相干？我能对它说什么呢？

我的身体缓缓地转向东方，摇晃了一下，便开步走了。

星期三，在布维尔的最后一天

我跑遍全城寻找自学者。他肯定没有回家。这位遭人抛弃的可怜的人道主义者大概在漫无目的地游荡，无比羞愧和恐惧。说实话，对这件事的发生我并不惊奇，因为长久以来我就感到他那副柔顺畏缩的模样会招来丑闻。其实他没有多大罪过，勉强叫作好色吧，他喜欢凝视年轻小伙子，可以说是一种人道主

---

① 卡珊德拉，《荷马史诗》中的特洛亚公主和女预言家。

义。但是有一天他肯定会孤独的,和阿希尔先生一样,和我一样。他属于我这一类人,诚心诚意。现在他进入了孤独,直至永远。突然间一切倒塌了:对文化的梦想,与人和睦相处的梦想。首先出现的将是害怕、恐惧、不眠之夜,然后便是一长串的流放岁月。晚上他将再去抵押广场徘徊,从远处瞧着灯火通明的图书馆窗口,回想那一长排一长排的书、皮封面,还有书页的香气,他会失去勇气。我很后悔没有陪着他,但是他不愿意,他求我让他一人待着,他开始学习孤独。我现在是在马布利咖啡馆写这些话。我大模大样地走进了这家咖啡馆,我想看看总管和女收款员,深刻感觉一下这是最后一次看见他们。但是我的思想摆脱不掉自学者,眼前不断浮现他那张充满责备的萎靡不振的脸和带血迹的高领。于是我要了一点纸,好把事情的经过写下来。

下午将近两点钟时,我去了图书馆。我想:"图书馆,这是我最后一次来。"

阅览室里几乎空无一人。我很难认出它来,因为我知道我永远不会再来。它像雾气一样轻盈,似真非真,呈红棕色。夕阳将女读者的桌子、门、书脊都染成了红棕色。刹那间,我愉快地感到仿佛走进了一个金色树叶的小灌木丛,我微笑,想道:"我很久没有微笑了。"科西嘉人背着手朝窗外看。他看见什么了?安佩特拉兹的脑袋?"我再也看不见安佩特拉兹的脑袋了,再也看不见他的高礼帽或礼服了。再过六小时,我将离开布维尔。"我将上月借的两本书放在副管理员的办公桌上。他撕掉一张绿卡片,将碎片递给我:

"给您,罗冈丹先生。"

"谢谢。"

我想道:"现在我什么也不欠他们了。不欠这里任何人任何东西。一会儿我去铁路之家和老板娘告别。我是自由的。"我犹豫了一会儿,是否利用最后这几个小时在布维尔城里多走走,去看看维克多-诺瓦尔大街、加尔瓦尼大道、绕绳街?但是这个灌木丛如此宁静,如此纯洁,它几乎不存在,没有受到恶心之害。我走去坐在火炉边,桌上胡乱放着《布维尔报》,我伸手取了一份。

家犬救主

雷米尔东的一位养犬者杜博克先生,昨晚骑车从诺吉斯集市返回……

一位胖太太在我右边坐了下来,将毡帽放在旁边。她的鼻子正正地竖在脸上,就像一把刀插在苹果上。鼻子下方那个淫猥的小洞倨傲地皱缩着。她从口袋里掏出一本精装书,臂肘支在桌子上,用两只胖手托着头。在我前面,一位老先生正在睡觉。我认识他,我感到害怕的那天晚上他也在图书馆,那时他大概也很害怕。我想道:"这一切现在多么遥远。"

四点半钟,自学者进来了。我原想去和他握手告别,但我们前次的会晤肯定给他留下了不好的印象,因此他冷冷地和我打招呼,然后将一个小白包放在离我相当远的地方,里面大概和往常一样装着一块面包和一长块巧克力。不一会儿,他拿着一本带插图的书走回来,将书放在小包旁边。我想道:"我这是最后一次见他。"明天晚上,后天晚上,以及以后所有的晚上,他都将回到这张桌旁,一面看书,一面吃面包和巧克力,他将有耐心地像老鼠一样啃书,继续往下读:纳多、诺多、诺迪埃、尼斯,并且不时地中断,好往小本上记下警句格言,而我呢,我将在巴黎行走,在巴黎街上行走,看到新面孔。当他仍然在这里,胖胖的脸被灯光照射时,我会遇到什么呢?我即将被奇遇的幻影所迷惑,幸好我及时觉察到,便耸耸肩接着看报。

布维尔及郊区

莫尼斯蒂埃

一九三一年宪兵队的活动。莫尼斯蒂埃宪兵队队长加斯帕尔中士及手下的四位宪兵:拉古特先生、尼藏先生、皮埃蓬先生、吉尔先生,在一九三一年成绩卓著,共处理刑事案七起,民事案八十二起,违章案一百五十九起,自杀案六起,车祸案十五起,其中三起造成伤亡。

儒克斯特布维尔

儒克斯特布维尔小号同谊会。今日总彩排,发放年度音乐会卡。

孔波斯泰尔

向市长授予荣誉勋位。

布维尔旅游者(1924年成立的布维尔童子军基金会):

今晚20时45分,于费尔迪南-比龙街10号A厅总部召开月度例会。议题:宣读上次会议记录。请联系,年度酒会,一九三二年会费,海上出游计划,其他问题,新会员入会。

动物保护(布维尔协会):

下星期四15时至17时,于布维尔市费尔迪南-比龙街10号C厅召开常务会议。函件请寄加尔瓦尼大道154号总部协会会长。

布维尔保护狗俱乐部……布维尔战争伤残人俱乐部……出租车老板工会……师范学校之友布维尔俱乐部……

两个年轻男孩夹着书包进来了。中学生。科西嘉人很喜欢中学生,因为他可以像父亲一样监视他们。他常常喜欢随他们在椅子上摇来晃去聊大天,然后,突然轻轻地走到他们背后说:"你们这些大小伙子,这样做合适吗?你们要是不改,管理员先生肯定要向校长先生告状的。"如果他们抗议,他便用可怕的眼神瞧着他们:"把你们的名字告诉我。"他也指导他们的阅读,因为图书馆里的某些书被打上红叉,这是地狱,例如纪德、狄德罗、波德莱尔的书,还有医学论著。当中学生要求查阅这些书时,科西嘉人便向他打手势,将他拉到墙角查问,不一会儿便大笑起来,声音响彻阅览室:"可是对你这个年纪来说,有些书更有趣,更有教益,首先你完成作业了吗?你在哪个年级?二年级?四点钟以后就没事干了?你的老师常来这里,我要和他谈谈你。"

那两个男孩待在火炉边。年纪小的那一个长着漂亮的棕发，皮肤几乎过于细嫩，嘴巴小小的，傲慢而凶恶。他的同伴，一个开始蓄髭须的，腰圆背厚的胖子，用手肘碰碰他，低声说了几句话。棕发小伙子没有回答，但露出一丝难以觉察的微笑，高傲而自负。接着，这两人漫不经心地在书架上挑字典，并且走近一直死死盯住他们的那位自学者，仿佛不知道他的存在。他们紧靠着他坐下，棕发小个子在他左首，结实的胖子又在小个子的左首。他们立刻翻阅字典。自学者用游移不定的目光瞧瞧阅览室，然后埋头看书。从来没有一个阅览室如此令人放心。除了那位胖太太急促的呼吸以外，什么声音也没有。我看到的都是俯在八开本书上的脑袋。但是，从此刻起，我感到即将发生一件不愉快的事。所有这些人都专心致志地低着头，好像在演戏，因为几秒钟前我感到有一股残酷的气流从我们身上拂过。

我已经看完了报，但迟迟不愿离去；我在等待，假装看报。使我更感好奇、更感局促的是，别人也在等待。我的邻座似乎把书页翻得更快。几分钟过去了，我听见一阵低语声。我小心翼翼地抬起头。那两个男孩已经合上了字典。棕发小个子没有说话，把脸侧向右边，显得恭恭敬敬，兴致勃勃。黄发男孩半个身子藏在他肩后，正竖起耳朵听，默默地笑。"是谁在说话？"我自问是自学者。他朝年轻的邻座弯下身，眼对眼地看着他，对他微笑。我看见他在努动嘴唇，长睫毛时不时地颤动。我从未见他如此年轻，可以说他很迷人。但是他常常停住，不安地朝身后看。年轻男孩似乎在吮吸他的话语。这个小场面没有任何特别的地方，我打算继续看报，突然那男孩将手从身后抽出，慢慢滑到桌沿上，手躲过了自学者的目光，慢慢向前，向周围探摸，接着，它遇到黄发胖子的手臂，使劲地拧它一下。胖子正默默地听自学者讲，没有看见这只手伸过来，惊讶和赞赏地张开大嘴，跳了起来。棕发小伙子仍然一副恭恭敬敬，兴致勃勃的样子。你简直会怀疑这只淘气的手是不是他的。"他们会对他怎样呢？"我在想。我清楚即将发生一件卑鄙的事。此刻阻止它还来得及，但我猜不出该阻止什么。刹那间我想站起来，走去拍拍自学者的肩膀，和他说说话，然而，就在此刻，他看到我的目光，立即闭上嘴，并且不高兴地噘起嘴。我感到气馁，赶紧移开视线，继续看报，以掩饰窘态。然而那位胖太太却推开书抬起了头。她仿佛被迷住了。我明确感到悲剧即将爆发，他们都愿意它爆发。我能做什么呢？我朝科西嘉人那边看了一眼,他不再瞧着窗外,朝我们半侧着身子。

一刻钟过去了。自学者又继续低语。我不敢看他,但我能想象他那年轻温柔的神情以及别人注视他的沉重目光,而他本人还一无所知。有一刻我听见他在笑,一种轻细如笛的顽童笑声。我心中难过,仿佛这些可恶的孩子即将淹死一只猫。随后,轻语声突然停止。这种寂静具有悲剧性,这是结束,是处死。我低头假装看报,其实我没有看报,我抬起眉毛,尽量抬高眼睛,试图抓住在我面前静静发生的事。我稍稍转头,用眼角终于瞟到了一个东西,那是一只手,刚才沿着桌子滑动的那只小白手。现在它手背朝下待在那里,轻松、温柔、色情,像晒太阳的游泳女人一样懒洋洋地赤身露体。一个棕色有毛的物体迟迟疑疑地靠近它,这是一只被烟草熏黄的粗大手指,它在那只小手旁边,像男性生殖器一样无比粗俗。它停住一会儿,直僵僵地,指尖朝着那只小手的细嫩手心,接着,突然,它开始腼腆地抚摸那只手。我并不惊奇,主要是恼怒,对自学者恼怒,他这个傻瓜,竟然克制不了自己,竟然不明白他在冒多大的危险!他只剩下一个机会了,一个小小的机会!如果他把两只手都放在桌子上，放在书的两侧，如果他完全保持沉默，也许这一次能躲过命运。但我知道，他会错过机会。手指轻轻地、谦卑地在毫无生气的手上滑过，稍稍擦过，不敢停留，仿佛意识到自己的丑陋。我突然抬起头，我再忍受不了这种固执的、反复的抚摸。我寻找自学者的眼睛，我大声咳嗽以警告他。但他闭着眼睛微笑，他的另一只手消失在桌子下面。那两个男孩不再笑了，脸色苍白。棕发小个子噘起嘴，他害怕了，好像不知所措，但是他没有抽回手，手仍然一动不动地待在桌子上，稍稍有点紧张。他的同伴则张着大嘴，真正惊呆了。

"这时，科西嘉人喊叫起来。他来到了自学者的椅子后面，虽然谁也没有听见他走过来。他满面通红，仿佛在大笑，但眼睛里闪着光。我从椅子上跳了起来，但又几乎松了一口气，因为等待是太难受了。我希望这事尽快结束。两个男孩像床单一样煞白，转眼间抓起书包消失了。

"我看见你了，"科西嘉人怒不可遏地喊道，"这回我可看见你了，你总不敢说没有吧。嗯，你还要说你这一招不是真的？你以为我没有看见你的把戏？我的眼睛可没有装在裤袋里，伙计。我对自己说：要耐心，耐心！等抓住他时，我轻饶不了他。啊，对，我轻饶不了你，我知道你的姓名、地址，我打听过，你知道，我还认识你的老板许利埃先生，明天早上，他会收到图书管理员先生的一封信，他会大吃一惊。嗯？你不说话了。"他瞪大眼珠接着说："首先你别以为这事就此了结。在法国有专门处理你这种人的法院。先生在寻求知识！先生在进修！先生时时打扰我，又找资料又找书。我可从来不信你这一套，你知道。"

自学者似乎并不吃惊，大概多少年来就料到这个结局，不止一百次地想象将会发生的事，科西嘉人将悄悄溜到他身后，一个愤怒的声音突然在耳旁响起。然而他仍然每晚来图书馆，炽热地继续阅读，而且，时不时地，像小偷一样，抚摸一个小男孩的白手或大腿。我看到他脸上的表情：顺从。

"我不明白你在说什么，"他结结巴巴地说，"我来这里好几年了。"

他佯作愤慨和惊讶，但并不理直气壮。他很清楚事情已经发生，无法阻止，只能一分钟一分钟地挨过去。

"别听他的，我全看见了。"我那位女邻座说。

她沉甸甸地站了起来:"啊,不!这可不是头一次,就在这个星期一我就看见了,但是我不想说,因为我不敢相信自己的眼睛,不敢相信在这个寻找知识的严肃场所居然会出现这种丑事。我没有孩子,但我同情那些母亲,她们让孩子来这里学习,以为这里很安全,没有干扰,而这些魔鬼却毫无廉耻,妨碍孩子们做功课。"

科西嘉人走近自学者,对着他的脸喊道:

"你听见这位太太说的吗?别演戏了。有人看见你了,坏东西!"

"先生,我命令你放客气点。"自学者矜持地说。这是他的角色。也许他想承认,想逃跑,但是他必须把角色演到底。他不看科西嘉人,两眼几乎闭着,双臂垂着,面无血色,接着,血突然涌上了脸。

科西嘉人气急败坏:

"客气!坏东西!你以为我没有看见你?告诉你,我早就盯上你了,盯你好几个月了。"

自学者耸耸肩,假装继续看书。他满脸通红,满眼泪水,但还假装津津有味、全神贯注地看一幅拜占庭镶嵌画的复制品。

"他居然还看书,脸皮真厚。"那位太太瞧着科西嘉人说。

科西嘉人迟疑不决。副馆员是一个腼腆的、思想正统的年轻人，他十分害怕科西嘉人，此时他在办公桌后面慢慢站起来，喊道："帕奥利，什么事？"刹那间，局面显得举棋不定，我希望事情到此了结。然而科西嘉人大概自觉可笑，便十分恼火，对这位默不作声的牺牲品不知说什么好，便挺直身体，往空中挥动拳头。自学者回过头来，惊慌失措，张嘴结舌地看着科西嘉人，目光中流露出无比的恐惧。

"你要敢打我，我就去告你。"他艰难地说，"要走，我自己走。"

我也站了起来，但为时已晚，科西嘉人快活地轻轻哼了一声，朝自学者的鼻子就是狠狠一拳。刹那间我只看见自学者的眼睛，他那双漂亮的、充满痛苦和羞愧的眼睛，它们瞪得大大的，在它们下方有一只袖子和一个棕色的拳头。科西嘉人抽回拳头，自学者的鼻子开始流血，他想用两手捂住脸，但科西嘉人朝他嘴角又是一拳。自学者倒在椅子上，腼腆和柔顺的眼睛直视前方。血从鼻子流到衣服上。他用右手摸索他那个小包，左手一个劲地擦鼻孔，因为血流不止。

"我走了。"他仿佛在自言自语。

我身边的那个女人面色苍白,两眼闪光。

"坏东西,"她说,"活该!"

我气得发抖,绕到桌子另一边,抓住科西嘉人的衣领把他提起来,他双脚乱蹬,我真想把他扔到桌子上摔碎。他脸色发青,奋力挣扎,想抓伤我,但是他手臂太短,够不着我的脸。我一言不发,我想揍他的鼻子,让他破相。他明白了,抬起手肘护脸,他害怕了,我很满意。突然,他用嘶哑的声音说:

"放开我,你这个粗人,莫非你也喜欢鸡奸?"

我至今还不明白当时为什么放了他。是害怕事情复杂化了,还是布维尔的懒散岁月使我上了锈?要是在从前,我肯定会敲掉他的牙。我朝自学者转过身,他终于站起来了,但是躲避我的目光。他低着头,走去摘下大衣,不时用左手擦擦鼻子下面,仿佛想止血,但是血继续涌出。我害怕他受伤,他不看任何人,嘀咕着说:

"我来这里好几年了!……"

小个子科西嘉人刚刚站稳,又重新控制局势,对自学者说:

"你滚,不要再来,不然就让警察把你带走。"

在楼梯下面,我追上了自学者。我局促不安,为他的羞愧而羞愧,不知对他说什么好。他仿佛没觉察我在那里。他终于取出了手绢,往里面吐什么东西。鼻血稍稍少了一点。

"您和我一起去药房吧。"我笨拙地对他说。

他不回答。从阅览室传来一片嘈杂声,大概所有的人都在同时说话。那个女人在尖声大笑。

"我永远也不再来了。"自学者说。他转身用迷惘的眼光看看楼梯和阅览室入口。这个动作使血流到他的假领和脖子之间。他满嘴、满脸都是血。

"来吧。"我抓住他的胳膊说。

他颤抖了一下,用力挣脱。

"放开我!"

"可您不能独自一人。得有人给您洗脸,治治伤口。"

他重复说:

"放开我,求求您,先生,放开我。"

他几乎歇斯底里大发作,我只好让他走。夕阳照着他驼着的后背,不一会儿他便消失了。在门口留下一个星状的血迹。

一小时以后

天阴,太阳正在落山,再过两小时火车就要开了。我最后一次穿过公园，在布利贝街散步。我知道这是布利贝街，但我认不出来。从前我走进这条街时，仿佛走进厚厚一层良知之中，因为这条街方方正正，结结实实，严肃而无风韵，街心凸起，浇上了柏油，很像国家级公路，这种公路穿越富裕村镇时，两旁是两层楼的大房子，绵延一公里以上。我曾经称这条街为农民街，并且十分喜爱它，因为对这个商港来说，它显得十分不合时宜，不合常情。今天，房屋依旧，但已失去农村的面貌，仅仅是楼房而已。刚才在公园里，我也有同样的感觉，花木、草坪、奥利维埃·马斯克雷喷泉由于毫无表情而显得固执。我明白，这座城市先抛弃了我，我还没有离开布维尔就已经不在这里了。布维尔保持沉默。奇怪的是：我还得在这座城里待上两个小时，而它已经不理睬我，将家具收拾整齐，盖上罩布，以便干干净净地迎接今晚或明天来的新主人。我感到自己比任何时候都被人遗忘。

我走了几步，停下来。我品尝自己被完全遗忘的状态。我处在两座城市之间，一座城市根本不认识我，另一座城市不再认识我。谁还记得我？也许是一位粗壮的年轻女人，在伦敦？……然而，她想念的真是我吗？何况还有那个人，那个埃及人。他也许刚走进她的卧室，将她抱在怀里。我不嫉妒，我知道她是幸存者。即使她全心爱他，那也是一个死去的女人的爱，而我有过她生前最后的爱情。不过他还可以给她乐趣。如果说她此刻正全身酥软，陷于昏乱之中，那么她身上不再有任何东西与我相连。她在享受，对她来说我现在什么也不是，就仿佛我们从未相遇。她一下子便将我排除了，世上所有的意识也都排除了我。真奇怪。然而我知道我存在，我在这里。

现在，当我说"我"时，似乎很空洞。我被遗忘，所以再也无法很好地感觉自己。残留在我身上的全部真实，只是存在——感觉自己存在的存在。我长久地、轻轻地打呵欠。没有任何人。对任何人来说，安托万·罗冈丹都不存在。这挺有趣。安托万·罗冈丹到底是什么？抽象。一个苍白微弱的、对自我的记忆在我的意识中摇曳。安托万·罗冈丹……突然，我暗淡下去，暗淡下去，完了，它熄灭了。

意识处于几堵墙壁之间，它清醒、孤独，一动不动。它在继续。再没有人居住它。刚才还有人称我，称我的意识。是谁？刚才外面是富有表情的街道，熟悉的颜色和气味，而现在剩下的只是无名的街道，无名的意识。现在只有墙壁，而在墙壁与墙壁之间有一种生动的、不具人格的、小小的透明体。意识存在，像树，像小草。它打盹，它感到厌倦。一些转瞬即逝的小存在占满了它，就像小鸟栖息在枝头。它们占满它又消失。意识被遗忘，被丢弃在这些墙壁之间，灰色天空下。而这就是它存在的意义，它意识到自己是多余的。它稀释，它散落，它试图消失在那堵棕色墙壁上，消失在路灯旁或者傍晚的烟雾中。但它不忘记自己，它是意识到自我遗忘的意识。这是它的命运。一个窒息的声音在说："两小时以后火车就开了。"还有对这个声音的意识。也有对一张面孔的意识。这张脸慢慢滑过，它全是血，很脏，大眼睛里噙着泪。它不在墙壁与墙壁之间，它哪里也不在。它消失了，取而代之的是一个弓着的背和一个流着血的头，它慢步远走，似乎每一步都站住，但又从不止步。有对这个身体的意识，身体在昏暗的街上慢慢走。它在走，但它没有走开。昏暗的街道永无止境，消失在虚无中，它不在墙壁与墙壁中间，它哪里也不在。还有一个对窒息声音的意识，那声音在说："自学者在城里游荡。"

不是这座城，不是在这些没有表情的墙壁之间：自学者走在一座凶恶的城里，这座城没有忘记他，有些人想到他，例如那位科西嘉人，例如那位胖太太，也许还有全城的人。他还没有失去、也不可能失去他的自我，这个备受折磨，鲜血淋漓，但人们还不愿意结果其性命的自我。他的嘴唇和鼻孔很疼，他想："我痛。"他在走，他必须走。如果他停下，哪怕只一会儿，图书馆的高墙就会突然在他周围竖起，将他围住。科西嘉人又会出现在他面前，那一幕会重来一遍，细枝末节都一模一样，那女人会冷笑说："这种脏东西该去蹲监狱。"他在走，他不能回家，因为科西嘉人在家里等他，还有那个女人和那两个男孩："别否认，我看见你了。"于是那一幕又重演一遍。他想道："老天爷，要是当初我没有做这事，要是当初我能够不做这事，要是这不是真的，那该多好！"

焦虑不安的面孔在意识前来回晃动：

"也许他会自杀。"不，这个走投无路的柔顺的灵魂不会想到死亡。

有对意识的知觉。意识可以被你一眼望穿，它在墙壁与墙壁之间是平静的、空的，摆脱了曾经居住它的人，它不是任何人，所以显得畸形。声音在说："行李已经托运，火车再过两小时就开了。"左右两边的墙在滑动。有对碎石路的意识，对铁器商店、对军营的枪眼的意识，那声音在说："这是最后一次。"

有对安妮——在旅店里的胖安妮和老安妮的意识，有对痛苦的意识，痛苦是有意识的，它在长长的墙壁之间，墙壁伸向远方，永不回头："难道永远没完？"在墙与墙之间有声音在唱那支爵士乐曲 Some of these days，难道永远没完？乐曲悄悄地，阴险地，从后面回来抓住声音，声音在唱，无法停下，身体在走，对这一切都有意识，唉！对意识的意识。但是没有任何人在那里承受痛苦，扭着双手，自我怜惜。没有任何人。这是十字街头的纯粹的痛苦，被遗忘而不会自我遗忘的痛苦。那个声音在说"这是铁路之家"，于是我在意识里喷射出来，这是我，安托万·罗冈丹，我一会儿就动身去巴黎，我来向老板娘告别。

"我来向您告别。"

"您要走，安托万先生？"

"我要换换环境，定居巴黎。"

"您真走运！"

我怎么能将嘴唇贴到这张大脸上？她的身体已不再属于我。昨天我还能想象她在黑毛料裙下的身体，而今天，这裙衣已无法渗透了。那个青筋暴露的白白的身体,难道是个梦?

"我们会想念您的。"老板娘说,"您不想喝点什么?我请客。"

我们坐下来,碰杯。她稍稍压低声音说:

"我已经很习惯您了,"她有礼貌地惋惜说,"我们相处得很好。"

"我会回来看您的。"

"这就对了,安托万先生。您什么时候路过布维尔,就来和我们打个招呼。您对自己说:'我这就去和冉娜①夫人打招呼,她会高兴的。'的确,我们很想知道客人们的近况,再说,在我们这里,客人们总会回来的,有海员,对吧,有大西洋轮船公司的雇员,他们有时两年里不露面,去了巴西或纽约,要不就在波尔多的一条货船上干活,可是有一天他们又来了:'您好,冉娜夫人。'我们在一起喝一杯,信不信由您,我可记得他们爱喝什么,虽然过了两年!我对玛德莱娜说:'给彼埃尔先生端一杯不加水的干苦艾酒,给莱翁先生端一杯努瓦利-森扎诺酒。'他们对我说:'您怎么记得这么清楚,老板娘?'我说:'这是我的本行嘛。'"

---

① 本书开始时,这位老板娘叫弗朗索瓦兹,而不是冉娜。

在厅堂尽头,有一个胖男人——她最近的姘头。他在叫她:

"老板娘宝贝!"

她站起身:

"对不起,安托万先生。"

女侍者走近我:

"您真就这样走了?"

"我去巴黎。"

"我在巴黎住过,"她自豪地说,"住了两年。我在西梅翁餐馆干活,但是我想念这里。"

她迟疑了一秒钟,然后感到再没有什么话说了:

"那好,再见吧,安托万先生。"

她在围裙上擦擦手,向我伸出手来。

"再见,玛德莱娜。"

她走开了,我拉过布维尔报,又将它推开,因为刚才在图书馆里我已经从头到尾读过一遍。

老板娘还没有回来,她将两只胖手放在男友手中,男友正激动地揉来揉去。

再过三刻钟火车就要开了。

我在算账,以消磨时间。

每月一千二百法郎,这不算阔气,但是如果我稍加节制，这钱也该够了。住房三百法郎，每天伙食十五法郎，还剩四百五十法郎，用于洗衣、小开销、看电影。至于内衣外衣，现有的能用很久。两套西服还很干净，只是肘弯上微微发亮，如果多加小心，还可再穿三四年。

老天爷！我将像蘑菇一般生活。如何打发日子呢？我将去散步，坐在杜伊勒里宫的铁椅上——或者，为了省钱，坐长椅。我将去图书馆看书。然后呢？每星期看一次电影。然后呢？每星期招待自己看场马戏？和卢森堡公园里的退休者一起玩槌球游戏？三十岁！我怜悯自己。有时我想不如干脆在一年里把剩下的三十万法郎花光，然后……可是我会得到什么呢？新衣服？女人？旅行？我曾有过这一切，而现在，结束了，我对它们再没有兴趣，它们会留下什么呢？一年以后我又会像今天一样空空的，连记忆也没有，而且在死亡面前胆怯懦弱。

三十岁！一万四千四百法郎的年金。每月去领钱。但我不是老头！但愿有人给我什么事情做做，不管什么事……我最好别想这个，因为此刻我在给自己演戏。我很清楚我什么也不想干，干事就是创造存在，而存在已经够多了。

实情是我不能放弃我的笔，我大概即将有恶心，而写作似乎可以推迟它，所以我将脑子里的闪念写下来。

玛德莱娜想让我高兴，在远处指着一张唱片对我喊道：

"您的唱片，安托万先生，您喜欢的那张，您想听听吗？最后一次。"

"请吧。"

我这样说是出于礼貌，其实我此刻心情不好，不适于听爵士乐，但我还是注意听，因为，正如玛德莱娜所说，我是最后一次听这张唱片，它很老，即使在外省也太老了，在巴黎是找不到的。玛德莱娜将唱片放在唱机的圆盘上，它马上就要转动了。钢针将在纹络里跳跃，发出声音，等到钢针顺着螺旋形的纹络达到唱片中心时，一切将结束，那个唱 Some of these days 的沙哑声音将永远沉默。

这声音开始了。

居然有从艺术中寻找安慰的傻瓜。我的毕儒瓦婶婶就是这样："在你可怜的叔叔去世后，肖邦的前奏曲可帮了我大忙。"音乐厅里挤满了被侮辱、被冒犯的人，他们闭上眼睛，努力将苍白的面孔变为接收天线。他们想象，被捕捉到的声音将在他们身上流动，轻柔而滋润,他们的痛苦将变为音乐,就像少年维特的痛苦一样。他们认为美会与他们分担痛苦。这些笨蛋。

我想问问他们,这个乐曲与他们相通吗?我刚才的状态与至福相去万里。表层上我是在机械地算账,在下面一层滞留着许多不愉快的思想,它们或是表现为不明确的问题或是表现为默默的惊异,但无论白天黑夜,它们都缠绕着我,其中有对安妮的想法,对被我践踏的生活的想法。然后,在更下面一层,是像晨曦一样腼腆的恶心。但当时没有音乐,我郁闷而沉静。四周的物体是由与我一样的材料构成——一种丑陋的痛苦。我外面的世界是那么丑陋,桌上的脏杯子是那么丑陋,玻璃镜上的棕色斑点是那么丑陋,玛德莱娜的围裙、老板娘那位胖情人可亲的神情都是那么丑陋,世界本身的存在是那么丑陋,以致我感到无拘无束,和它们是一家人。

现在出现了这只萨克斯管的音乐。我感到羞愧。一种傲慢的、小小的痛苦,这是痛苦典型。萨克斯管的四个乐音,它们往返来回,似乎在说:"应该像我们一样,有节奏地痛苦。"对,不错!我当然愿意采取这种痛苦方式,有节奏地,不取悦自己也不怜惜自己，而是怀着一种冷漠的纯洁。我杯底的啤酒是温的，玻璃镜上有棕色斑点，我是多余的人，我最真诚、最无情的痛苦蹒蹒跚跚，沉甸甸的，像海象一样肉多皮厚，瞪着湿漉漉的、难看而又感人的大眼睛，这一切难道是我的错吗？不，显然不能说这个在唱片上方旋转，并且令我目眩的痛苦——小小的金刚石痛苦——是与人相通的。它甚至不是讽刺，而是轻快地旋转，自顾自地旋转。它像长柄镰刀一样斩断了与世界的乏味联系，现在它仍在旋转，而我们大家，玛德莱娜、胖男人、老板娘、我自己，还有桌子、长椅、有斑点的镜子、玻璃杯，我们都曾陷于存在，因为我们是在自己人之间，仅仅在自己人之间。它突然来临时，我们正像每日一样衣冠不整，无拘无束，我为自己羞愧，为那些在它面前存在的东西羞愧。

它不存在。这甚至令人气恼。如果我起身将唱片从托盘上拿开，将它摔成两半，我也触及不到它。它在以外——总是在某个东西以外，在声音以外，在小提琴的某个乐音以外。它通过一层又一层厚厚的存在显露出来，细薄而坚实，可是当你想抓住它时，你会遇见存在物，你只能撞上毫无意义的存在物。它在它们后面，我甚至听不见它，我听见声音，即揭示它的空气振动。它不存在,因为它没有多余的东西。与它相比,其他一切都是多余的。它在。

而我,我也想在,我甚至一心只想这个,这便是事情的底细。我对自己生活中的表面混乱看得一清二楚,因为我在这些似乎毫不相干的企图中找到了藏在深处的同一个欲望:将存在逐出我身外,排除时间里的脂肪,将瞬间拧干,挤干,使我自己纯化、硬化,最后能够发出萨克斯管那样清晰明确的音。这甚至可以当作一个寓言:一个可怜的家伙走错了世界。他和别人一样存在在有公园、酒吧、商业城市的世界里,但他想让自己相信他生活在别处,生活在画幅后面——和丁托列托①的总督们,和戈佐利②严肃的佛罗伦萨人在一起;生活在小说后面——和法布里斯·台尔·唐戈及于连·索黑尔③在一起;生活在唱片后面——和爵士音乐长长的、干巴巴的呜咽在一起。后来,当过傻瓜以后,他明白了,睁开了眼睛。他看出他弄错了,他是在一个小酒馆里,面对一杯温啤酒。

---

① 丁托列托(1518—1594),意大利画家。
② 戈佐利(1420—1497),意大利画家。
③ 分别为司汤达的作品《巴马修道院》与《红与黑》中的男主人公。

他颓丧地坐在长椅上想：我是傻瓜。正在这时，从存在的另一面，在那只能远远看见，永远无法接近的另一个世界，一个小小的旋律开始跳起来，唱起来："应该像我一样，应该有节奏地痛苦。"

那声音唱道：

> Some of these days
>
> you'll miss me honey.

唱片上的这个地方大概被擦伤了，因为声音很古怪。还有点什么东西令人难受，唱针在唱片上轻轻擦动，却根本触及不到旋律。旋律在后面，很远很远。这一点我也明白。唱片被擦伤，被磨损。女歌唱家也许死了，我呢，我即将乘火车离去。存在物既无过去也无未来，从一个现在落入另一个现在；声音在日益分解，嘶哑，滑向死亡；而在这个存在物和这个声音后面，旋律仍然不变，年轻而坚实，像无情的见证人。

歌声沉默了。唱片转了一会儿也停住了。咖啡馆摆脱了讨厌的幻影，正在反刍，反复咀嚼存在的乐趣。老板娘脸上充血，朝她那位新男友白胖的脸颊扇几个耳光，但未能使它发红。这是死人的面颊。我呢,我滞留在那里,几乎睡着了。再过一刻钟我就上火车了,但我不想这个。我想到在纽约一座大楼的二十一层有一个美国人①,他长着浓浓的黑眉,脸刮得光光的,正热得透不过气来。在纽约上空,天空在燃烧,蓝天起火了,黄色的大火舌舔着楼顶,布鲁克林的顽童们穿着游泳裤在浇水管下冲身子。在二十一层,阴暗的房间像被大火烤着。黑眉的美国人在叹息、喘气,汗水流在脸颊上。他只穿着衬衫坐在钢琴前,嘴里有烟味,脑子里隐隐约约、隐隐约约有一个曲调的影子,Some of these days。再过一小时汤姆会来,屁股上挂着那个扁平水壶,于是他们两人都将倒在皮椅上,大口喝酒,炙热的阳光将使他们的喉咙燃烧,巨大而酷热的困倦沉沉地压着他们。但是首先得记下这个曲调,Some of these days。湿手抓住钢琴上的铅笔。Some of these days /you'll miss me honey. 事情就是这样发生的,这样或那样,反正都一样。歌声就是这样诞生的,它挑选了这个眉毛如炭的犹太人精力衰竭的身体来诞生。他有气无力地拿着铅笔,汗珠

---

① 指美国作家多斯·帕索斯(1896—1970),他曾写过流行歌曲。——原编者注

从戴着戒指的手指上落到纸上。为什么不是我呢？为什么恰恰要通过这个装满了脏啤酒和烧酒的笨伯来完成这个奇迹呢？

"玛德莱娜，您能再放一次吗？就一次，然后我就走了。"

玛德莱娜笑了起来，她摇动手柄，于是又开始了。但是我不再想到我，我想到远方的那个人，他在七月的一天，在炎热阴暗的房间里写出了这个乐曲。我试图通过旋律，通过萨克斯管平直而微带尖酸的声音去想念他。他写了这个。他曾有过烦恼，对他来说，一切并不是应该的那样，他要付账单，某处还有一个女人，她并不如他所希望的那样思念他，此外还有这个可怕的热浪，它使人化成一摊脂肪。这一切谈不上美丽，也谈不上光荣。但是当我听见这支歌，当我想到正是这个人写的，我便觉得他的痛苦和汗水……很动人。他运气好。他大概还意识不到。他大概想：要是有点运气，这东西会给我带来五十美金。多年以来我这是头一次为别人激动。我想知道他的事，我想知道他有过什么样的烦恼，他有妻子还是独身。绝不是出于人道主义，恰恰相反，是因为他写了这个。我不想结识他，何况他也许已经死了。我只是想了解他的情况，以便在听唱片时可以常常想到他。就是这么回事。我猜想，如果有人告诉他，在法国第七大城市的火车站旁有人在想他，他会无动于衷，但是换了我，我会高兴的。我羡慕他。我得走了。我站起来，犹豫地待了一小会儿，我想听那个黑女人的歌声，听最后一次。

她在唱。这两个人获救了：犹太人和黑女人。获救了。他们也许以为自己彻底完了，被淹没在存在里，然而我此刻如此温情地想念他们，谁也不会这样想念我的。谁也不会，连安妮也不会。对我来说，他们有点像死人，像小说人物。他们已经洗去了存在这个罪孽，当然并不彻底，但做到了人所能做到的一切。突然间，这个念头使我不知所措，因为我已对此不抱希望。我感到有什么东西在畏畏缩缩地擦过我，我不敢动弹，唯恐它消失。某个我原先不再体会的东西：一种欢乐。

黑女人在唱。那么我们可以证明她存在的价值？稍稍一点？我感到自己出奇地胆怯，不是因为我抱很大的希望。我像一个在雪地行走、完全冻僵的旅行者，突然走进一个暖和的房间。我想他会在门边一动不动地待着，一直发冷，全身轻轻地打着冷战。

Some of these days
You'll miss me honey.

难道我不能试一试……当然不是乐曲，但我不能试试另一种类型吗？……肯定是写书，因为我不会干别的。但不是历史书——历史讲的是已存在过的事，而任何一个存在物都永远不能证明另一个存在物存在的价值。我的错误在于想使德·罗尔邦先生死而复生——，而是另一种书。我不太清楚是哪一种，但是，在印刷的文字后面，在书页后面，应该有某个东西，它不存在，它超越存在。比方说一个故事，一个不会发生的故事，一件奇遇。它必须美丽，像钢一样坚硬，使人们为自己的存在而羞愧。

我走了，自觉茫然。我不敢做出决定。如果我确知自己有才能……但是我从来……从来没有写过这类东西；写过历史文章，不错，还有别的。可是一本书，一本小说，从来没有。有人会读我的小说，会说："这是安托万·罗冈丹写的，就是那个泡咖啡馆的红头发家伙。"于是他们会想到我的生活，就像我想到黑女人的生活一样，仿佛这是一个珍贵的、半传奇性的东西。一本书。首先当然会是令人厌烦的、劳累的工作，它不会阻止我存在，也不会阻止我感觉我存在。但是，到了一定的时间，书将会写成，它将在我后面，它的些微光亮会照着我的过去。那时，通过它，我也许会回忆自己的生活而不感到厌恶。也许有一天，当我想到此时此刻，想到我弓着背等着上火车的这个郁闷时刻，我会感到心跳加速，我会对自己说："正是那一天，正是在那一刻，一切都开始了。"于是我终于会接受自己——过去时，仅仅是过去时。

黑夜降临。普兰塔尼亚旅馆的两扇窗子刚刚亮了。新车站工地发出湿木头浓浓的气味。明天布维尔会下雨。